Stefan Wolf

Geheimbund Totenkopf schlägt zu

W0460843

Pelikan

ISBN 3-8144 - 1116 - 1
© 1986 by Pelikan AG · D-3000 Hannover 1
Alle Rechte vorbehalten
Gesamtherstellung und Textredaktion:
Egon Fein, f-press, München
Umschlag-Gestaltung und Text-Illustration:
Reiner Stolte, München
Graphische Gestaltung: Heinrich Gorissen, München
Gesamtherstellung: Clausen & Bosse, Leck
Printed in Germany

15 14 13 12 11 10 9 8 7 6 5 4 3

Inhalt

TOM

wird nur so genannt, weil er sich über seinen echten Namen grün und blau ärgert. Er heißt nämlich Engelbert, mit Nachnamen Conradi, nach einem Großvater von Mutters Seite so benannt. Aber Tom paßt nun mal besser zu einem athletisch gebauten, großen Jungen, der auch noch perfekt in Karate ist, der waffenlosen japanischen Kampfkunst. Er geht in die 10. Klasse desselben Gymnasiums wie Locke. Alle mögen den blonden Jungen. Und das nicht nur wegen seines offenen, sympathischen Gesichts, sondern weil er – genau wie Locke – ein echter hilfsbereiter Kumpel ist, immer zur Stelle, wenn's um eine gute Tat geht. Er drängt sich selbst nie vor, sondern läßt sich zumeist – und das nur zu gern – von Lockes Unternehmungsgeist mitreißen. Denn er und Locke – naja, die sind nun mal unzertrennlich. Noch ein unverwechselbares Kennzeichen hat der knapp 16jährige: ein tiefblaues und ein grünes Auge. Tom lebt bei seiner Mutter Helga, einer Tierärztin. Seinen Vater hat er schon vor Jahren verloren.

LOCKE
hat diesen Spitznamen, weil sie *keine* Locken hat. Oder besser gesagt: nur ganz, ganz wenige, und das auch erst seit vier Jahren. Dabei war es ihr sehnlichster Wunsch als Kind gewesen, den Kopf voller Locken zu haben. Nina Rehm, wie Locke wirklich heißt, ist noch nicht ganz 15 Jahre alt, geht in die 9. Klasse des Gymnasiums und kurvt mit Vorliebe auf ihrem Mofa durch die Gegend. Wenn's das Wetter zuläßt, trägt sie dabei einen wagenradgroßen Strohhut. Weiterer Steckbrief: Groß, schlank mit langen Beinen, langes, kastanienbraunes Haar, nußbraune Haut, schmales Gesicht mit dunklen Augen und einem schön geschwungenen Mund. Locke ist ein „Temperamentsbolzen“, sie hat mehr Unternehmungsgeist als zehn Jungens. Eine typische „Macherin“, aber trotzdem durch und durch weiblich. Sie will immer und überall helfen – Menschen und Tieren. Locke lebt mit ihrem Vater Gunter und Bruder Mike zusammen. Die Ehe ihrer Eltern wurde geschieden. Ihre Mutter – eine Französin – wohnt heute in Paris.

GUNTER REHM

ist Lockes Vater, 44 Jahre alt und Lokalredakteur bei der größten Tageszeitung seiner Heimatstadt, einer ansehnlichen Großstadt mit Straßenbahn, vielen Buslinien, U-Bahn, mehreren Autobahn-Zubringern und einem Bundesliga-Verein. Der großgewachsene, etwas hagere Journalist deckt mit Vorliebe Mißstände auf und gilt deshalb bei allen, die keine reine Weste haben, als unbequem. Er kennt das Geschehen in der Stadt ganz genau, weil er es täglich hautnah erlebt. Gunter Rehm hat ein prima Verhältnis zu seinen Kindern Locke und Mike, malt in seiner Freizeit gern Porträts und spielt Tennis wie ein Meister. Seine liebste Partnerin: Dr. Helga Conradi. Aber das nicht nur auf dem Tennisplatz. Madeleine, seine einstige Frau, Lockes und Mikes Mutter, ist nach kurzer Ehe in ihre Heimat Frankreich zurückgekehrt. Sie hatten ganz einfach zu jung geheiratet, ohne sich so richtig gekannt und zueinander gepaßt zu haben. Als sie dies einsahen, trennten sie sich, aber sie waren einander deshalb nicht gram. Madeleine, die eher ein unabhängiges Leben bevorzugte, überließ die Kinder ihrem Mann.

MIKE

könnte die Mädchen reihenweise um den Finger wickeln, wenn er wollte, und tatsächlich hat der Sonnyboy auch mehr als eine Freundin. Er heißt Michael Rehm, ist 19, Lockes großer Bruder, und er geht in die Abiturklasse. Nebenher schreibt er als freier Mitarbeiter für die lokale Tageszeitung. Vater Gunter Rehm ist sein großes Vorbild. Hobby: Fußballspielen, und zwar als Libero beim FC Eintracht. Der gutaussehende, breitschultrige Frauentyp Mike hat die braunen Haare und grünen Augen seiner fast schon vergessenen französischen Mutter. Mit Charme und spitzbübischem Lächeln kann er jeden Gegner entwaffnen, aber auch durch mitunter erstaunliche Beharrlichkeit (manche behaupten freilich, Mike habe einen Dickschädel) zur Verzweiflung bringen. Mike ist alt genug, um zu verstehen, daß weder Vater noch Mutter am Scheitern ihrer ebenso kurzen wie unüberlegten Ehe schuld waren.

DR. HELGA CONRADI
ist Toms Mutter, von Beruf Tierärztin – bei ihren vierbeinigen Patienten und deren Frauchen beliebt, von den Herrchen bewundert und verehrt. Ist auch kein Wunder, denn Helga sieht mit ihren 42 Jahren höchstens wie eine Dreißigerin aus: Blaue Augen, lange goldblonde Haare, schmales, ebenmäßiges Gesicht. Wirklich eine sehr attraktive Frau, und dazu auch noch überaus sportlich, was ihre schlanke Figur bestätigt. Beim Tennis gewinnt sie ab und zu sogar gegen Gunter Rehm einen Satz. Ihr Mann ist an einem heimtückischen Leiden gestorben, als Helga noch keine 30 war. Tom kann sich kaum an seinen Vater erinnern. Der Dritte in ihrer Familie ist der treue Nicki, eine ebenso lustige wie wachsame Mischung aus Boxer und Wolfshund.

OMA
wird Elisabeth Rehm von allen genannt. Sie ist 72 Jahre alt, Gunter Rehms Mutter, und sie lebt allein in einem hübschen, verwinkelten Häuschem im Grünen, mit einem großen Garten und geradezu riesenhaften Sonnenblumen. Birkenrode heißt Omas Wohnort. Er liegt ein bißchen außerhalb der Stadt, aber nah genug, damit es für Locke und Tom zu häufigen Besuchen reicht. Und darauf freut Oma Rehm sich natürlich. Nicht nur, weil sie ihre Enkelin und deren Freund gern mag, sondern auch ein wenig deshalb, weil die beiden jungen Leute ihr stets helfend beistehen. Ihr Mann, ein Lehrer, ist vor zwei Jahren gestorben. Jetzt ist „Frau Holle“ die Gesellschafterin der liebenswerten weißhaarigen Dame, eine ebenso betagte Katzenmutter, die Elisabeth Rehms alte Tage getreulich teilt.

Stefan Wolf

Locke und Tom greifen ein

Hundejäger töten leise
Terror durch den heißen Draht
Giftalarm am Rosenweg
Die Fußball-Oma darf nicht sterben
Flammen um Mitternacht
Überfall nach Ladenschluß
Der Mann mit den tausend Gesichtern
Aufruhr in der Unterwelt
Die Nacht am schwarzen Grab
Der Feind aus dem Dunkeln
Die Bande des Schreckens
Straßenräuber unter Palmen
Die Unheimlichen
Im Geisterschloß der Menschenhändler
100 Stunden Todesangst
Geheimbund Totenkopf schlägt zu

1. Lorchen, der Ararauna

„Sein Papagei kann in fünf Sprachen fluchen", sagte Tom. „Das mußt du gehört haben. Eine irre starke Schau! Weil er das bringt, der Vogel, braucht er Kraftfutter. Nach Mütterchens Rezept."

Tom hielt die Drei-Kilo-Tüte mit dem Kraftfutter im linken Arm. Den andern hatte er um Lockes Schultern gelegt.

Sie gingen durch die Einfahrt zum Tor, wo ihre Roller parkten. Es war ein milder Frühlingstag, der zweite der Osterferien. Lockes dunkle Mähne, in die Tom jetzt die Nase steckte, duftete nach Osterglocken-Shampoo.

„Kannst du dir nicht woanders die Nase putzen?" erkundigte sie sich.

„Ich beschnuppere dich nur. Du riechst frisch gewaschen."

„Frisch gewaschen bin ich immer."

Im Haus hinter ihnen stimmte Nicki ein trauriges Geheul an. Er hätte die beiden gern begleitet; und es war schwer, ihm begreiflich zu machen, daß das nicht immer ging.

Im Anbau, wo Toms Mutter ihre Tierarzt-Praxis hat, wurde ein Fenster geöffnet. Dr. Helga Conradi beugte sich heraus.

„Hallo, ihr beiden! Wohin?"

„Wir bringen dem Albrecht dein Kraftfutter", rief Tom. „Dann treiben wir uns noch ein bißchen rum – mindestens bis Mitternacht. Also keine Panik! Kannst du auch den Rehms sagen, falls denen auffällt, daß ihre Prinzessin fehlt."

Helga schüttelte den Kopf. Ihr silbriges Blond fing Sonnenstrahlen ein.

Locke machte einen Zeigefinger frei und tippte vielsagend an Toms Stirn.

„Stimmt genau", sagte Helga, lächelte ihrem Locke-Liebling zu und schloß das Fenster, um sich wieder den vierbeinigen Patienten zu widmen.

„Bin ich froh", seufzte Tom, „daß wir Männer im Rehm-

Conradi-Verein in der Überzahl sind. Sonst wäre es nicht auszuhalten."

„Da Nicki auf unserer Seite steht", meinte Locke, „sind wir zahlenmäßig gleich. Aber darauf kommt's nicht an, sondern auf Klasse. Na, und was das betrifft ... Helga und ich ... einfach spitze! Euch muß man zugute halten, daß ihr euch bisweilen bemüht."

„Weiblicher Hochmut ist schlimmer als Frühjahrsgrippe."

Locke lachte, setzte den Helm auf und startete ihr Mofa.

Tom verstaute erst das Papageien-Kraftfutter auf seinem Motorroller, dann gurkten sie los – und zwar zur Mozart-Allee, wo die Villen ansehnlich und die Gärten groß sind. Eine stille Wohngegend ohne Geschäfte.

Für Bert Albrecht, dem sie das Kraftfutter brachten, ergaben sich Schwierigkeiten aus dieser Abgeschiedenheit. Denn der ältliche Mann war seit zehn Jahren an den Rollstuhl gefesselt: durch die Folgen eines Unfalls. Trotzdem fehlte es ihm nicht an Lebensmut. Ein Aquarium mit Zierfischen und dazu Lorchen, der blau-goldene Papagei, belebten die Etagen-Wohnung. Sicherlich – Bert Albrecht war einsam. Aber er beklagte sich nicht.

Die Villa enthielt soviele Wohnungen wie Stockwerke, nämlich drei.

Albrecht, dem das Haus gehörte, hatte das Parterre für sich.

Sein Faltengesicht leuchtete, als er dem Pärchen öffnete.

„Ist ja riesig, Tom, daß du deine Freundin mitbringst. Tag, Locke! Himmel, jetzt habe ich dich ein paar Wochen nicht gesehen – und du bist schon wieder hübscher geworden."

„Ach, das täuscht", lachte Locke. „Verändert haben sich in letzter Zeit nur meine Füße – um eine halbe Schuhgröße."

„Keine falsche Bescheidenheit! Tom kann sich glücklich schätzen."

„Ich schätze mich ja auch", sagte Tom. „Und unter Bescheidenheit leidet Nina Rehm eigentlich nicht. Sie weiß, daß sie spitze ist – trotz ihrer großen Füße."

Albrecht warf einen Blick auf ihre roten Frühjahrsstiefel, fand die Größe völlig normal und sagte, er hätte gerade Kaffee gekocht, wie es denn mit einem Täßchen wäre. Da sagten die beiden nicht nein, und Locke war gespannt auf den Papagei, einen Ararauna.

Lorchen, so hieß der Papagei, war prächtig anzusehen. Er saß auf seiner Stange und beäugte die beiden.

Albrecht dirigierte seinen Rollstuhl zur anderen Seite des Tisches, um Kaffeetassen aus dem Geschirrschrank zu holen.

„Rrrrrattenscharfer Sockenschußßßßß“, sagte Lorchen.

„Du bist gemeint!“ Tom brach in Gelächter aus.

„Heh, Lorchen!“ rief sie. „Keine Beleidigung.“

„Quäsooo, Quäsooo“, erwiderte Lorchen.

„Er meint Queso“, erläuterte Albrecht. „Das ist spanisch und heißt Käse. Habe ich ihm jetzt erst beigebracht. Nur mit der Aussprache hapert es.“

„Toller Vogel“, stellte Locke fest. „Er ist nicht nur schön, sondern auch gebildet.“

Das Pärchen setzte sich an den Tisch. Albrecht schenkte Kaffee ein. Dazu gab es Biskuits. Albrecht fragte, wie es in der Schule so laufe und was die Familie mache. Als TAGEBLATT-Abonnent *(Bezieher)* gehörte er zu Gunters eifrigsten Lesern. Besonders dessen neue Kolumne *(regelmäßiger Meinungsbeitrag in der Zeitung)* gefiel ihm sehr gut.

„Blödsinn!“ rief Lorchen.

„Diese Ansicht steht dir frei, Lorchen“, lachte Locke. „Aber du müßtest deine Meinung begründen.“

„Quäsooo, Quäsooo!“ war die Antwort.

Tom gluckste in seine Kaffeetasse.

„Manchmal könnte man denken“, sagte Albrecht, „Lorchen weiß, was er sagt. Allerdings muß ich zugeben: Was ich ihm beigebracht habe, paßt fast immer als Einwurf.“

„Als kritischer Zwischenruf.“ Locke knabberte an einem Biskuit. Ihr Blick wanderte durch den gemütlichen Wohnraum zum Fenster.

Draußen begann der Nachmittag. Auch im Nachbarsgarten hatten Büsche und Bäume Knospen angesetzt. Die Villa nebenan war kleiner und im Zuckerbäckerstil erbaut: mit zuviel Giebeln, Stuck und Schnörkeln. Der rosafarbene Anstrich paßte dazu. Fenster und Türen waren weiß umrahmt.

Eigentlich wie ein mächtiger Himbeerpudding, dachte sie. Was wohl Lorchen dazu sagt?

„... ist doch selbstverständlich, Herr Albrecht", sagte Tom eben. „Das erledige ich ganz schnell und mit links. Ich tue's wirklich gern. Es macht gar keine Umstände."

„Worum geht's?" fragte Locke. „Ich habe gerade geträumt."

„Ach, meine Haushälterin", sagte Albrecht, „ist heute verhindert. Sie kauft sonst für mich ein. Leider habe ich im Moment überhaupt keine Vorräte mehr. Es macht mir zwar keine Schwierigkeiten, zum nächsten Supermarkt zu fahren. Aber dein Freund will mir das abnehmen."

„Ist doch selbstverständlich." Tom stand auf.

„Ich bleibe hier", sagte Locke, „und Sie zeigen mir Ihre Zierfische, Herr Albrecht."

Fünf Minuten später rollerte Tom durch die Mozart-Allee, Albrechts Einkaufsgeld und die Wunschliste in der Tasche.

Der nächste Supermarkt lag stadteinwärts und nicht gerade nah. Benzinkutschen belegten den Parkplatz. Einkaufswagen standen herum. Tom parkte seinen Roller, stiefelte in die Selbstbedienungs-Arena, ging durch die Absperrung, vor der drei Dackel angeleint waren, und griff sich einen der fahrbaren Drahtkörbe.

Stirnrunzelnd studierte er Albrechts Liste, mit der Schreibmaschine getippt. Die Schrift gab Rätsel auf. Was war Na? &§uchen? Napfkuchen! Aha! Außerdem benötigte er Zahnpasta, Landbrot, Suppennudeln und Knochenschinken.

Tom schob sich und den Einkaufswagen am Zeitungs-Zeitschriften-Regal vorbei. Sein Blick fiel auf ein Boulevard-Blatt. Die Balkenüberschrift auf Seite 1 lautete: ANSCHLÄGE VON TERRORISTEN BEFÜRCHTET – und darunter,

ZEITSCHRIFTEN
MAGAZINE
ANSCHLÄGE VON TERRORISTEN BEFÜRCHTET

etwas kleiner: VERSTÄRKTE FAHNDUNG NACH SASCHA KRÜGLER.

Sascha Krügler?

In Toms Hinterkopf schien ein Glöckchen zu bimmeln. Der Name dieses Schrecken-und-Angst-Verbreiters war ihm geläufig. Seit gut einem Jahr gehörte der Gewalt-Hirni zu den meistgesuchten Verbrechern. Obwohl aus guter Familie stammend, hatte Sascha Krügler massenhaft Anschläge und Bombenterror gegen Staat und Mitmenschen auf dem Gewissen: Er und seine Komplicen, die man aber namentlich nicht kannte.

„Natürlich! Deshalb!“ sagte Tom laut. „Jetzt habe ich's.“

Die Kundin, die gerade neben ihm stand, sah ihn an. „Wie bitte?“

„Nichts, meine Dame. War nur ein Selbstgespräch.“

Nun blickte er durch, wußte, weshalb das Glöckchen bimmelte. Die Adresse war's, die sich mit dem Namen verband. Vor seinem Abtauchen in den Untergrund hatte Sascha Krügler in der Mozart-Allee gewohnt: irgendwo in der Nähe von Albrecht. Das hatte Tom sich eingeprägt. Und wenn die Erinnerung nicht trog, war der Vater Arzt. Sicherlich ein ehrenwerter Mann – und wohl nur noch ein Schatten seiner selbst, seit sich der – einzige – Sohn entschlossen hatte, auf Terrorist umzusatteln.

Tom ließ weitere Gedanken fallen, konzentrierte sich wieder auf seinen Hieroglyphen-Zettel *(Hieroglyphe = altägyptische Bilderschrift)* und sockte zur Frischfleischabteilung.

2. Einbrecher nebenan

Er ging immer auf Nummer Sicher. Vor jedem Einbruch beobachtete er das Haus und den oder die Bewohner.

Für Dr. Krügler hatte er zwei Tage aufgewendet.

Das würde sich auszahlen – bestimmt. Sowas fühlte Theo Siebert im kleinen Zeh, besonders im linken, wo er seinen Instinkt vermutete.

Technisch war das Ausbaldowern ein Kinderspiel gewesen. Dank der Örtlichkeit.

Das weitläufige Grundstück mit der rosaroten Zuckerbäkkervilla grenzte rückseitig an eine fast leblose Nebenstraße, hinter der sich ein ruppiger Park erstreckte.

Dort, im Wipfel einer Fichte hockend, hatte Siebert, der Einbrecher, festgestellt, was wichtig war: Krügler wohnte allein. Jeden Morgen fuhr er zu seiner Arzt-Praxis. Zurück kam er nie vor 18 Uhr.

Also ein Tages-Coup.

Als Profi kannte Siebert die Vor- und Nachteile genau. War er erst mal drin im Haus, mußte er kein Licht machen, und er brauchte keine verräterische Taschenlampe. Allerdings – Wertgegenstände sperrigen Formats konnte er nicht Huckepack wegtragen. Das hätte die Nachbarn alarmiert.

Nachbarn!

Bei einem Tages-Coup waren sie das Problem. Man wußte nie, wer zufällig hinter der Gardine stand. Auch Krüglers Villa war auf drei Seiten riskant: Vorderfront und beide Schmalseiten konnten eingesehen werden.

Auch zur Rückfront reichte der Blick vom Nachbarn links, einer dreistöckigen Jugendstil-Villa mit narbigem Verputz.

Erst unmittelbar am Haus boten Büsche mit dichten Zweigen etwas Sichtschutz. Dort, durchs mittlere Kellerfenster, wollte er eindringen.

Damit schrumpfte das Risiko auf 50 Meter zusammen: die Strecke vom hinteren Zaun bis unter die Büsche. Ungeschützt und im Sprint mußte er die zurücklegen. Er rechnete mit sechs Sekunden.

Krügler!

Irgendwas regte sich in seiner Erinnerung bei dem Namen. Hatte er ihn schon gehört – in einem bestimmten Zusammenhang?

Ihm fiel nichts ein.

Am Zaun blieb er stehen. Diese laue Frühlingsluft!

Andere gehen spazieren, dachte er. Und ich muß arbeiten! Eine Ungerechtigkeit! Wäre ich doch ein Beamter geworden! Dann könnte ich jetzt wenigstens pennen, glaubte er.

Er trug rißfeste Klamotten. Unter dem Schirm seiner Mütze

lugte er umher. Niemand war zu sehen. Nichts regte sich – ausgenommen das Lüftchen.

Jetzt!

Er flankte über den Zaun, spurtete.

Auf halber Strecke versank sein linker Fuß im weichen Boden. Fast hätte er den Schuh verloren. Weiter!

Einen Moment später tauchte er unter die Büsche an der Hauswand – und hatte noch beide Schuhe an den Füßen.

Er keuchte. Einen Moment verharrte er, aber der Puls wurde nicht ruhiger.

Leise knackte er das Fenster und stieg ein in den Kellerraum.

*

Locke hatte die Zierfische bewundert, war dann aber zu Lorchen zurückgekehrt. Aus der Nähe betrachtete sie ihn, und der Papagei erwiderte den Blick mit schiefgelegtem Kopf. Sein blaugoldenes Gefieder schillerte. Zum Fluchen war er im Moment nicht aufgelegt, sondern schnabelfaul – wie meistens am frühen Nachmittag, was Albrecht behauptete.

„Kann er wirklich in fünf Sprachen schimpfen?“ fragte sie.

„Auf deutsch, englisch und französisch bringt er beachtliches. Mit Italienisch und Spanisch plage ich mich selbst noch herum. Da sind wir ganz am Anfang.“

„Sie lernen Fremdsprachen?“

„Warum nicht? Als Rentner habe ich viel Zeit. Nur auf die Glotze zu starren – das wäre mir zu wenig.“

„Finde ich gut“, nickte Locke und wollte sich umdrehen.

Dabei sah sie durchs Fenster. Die dünne Gardine war kein Hindernis. Der hintere Teil des nachbarlichen Gartens lag im Blickfeld. Sie stutzte.

Ein Mann flitzte dort, als gelte es sein Leben. Mit angewinkelten Armen preschte er zum Haus: ein stabiler Typ mit Schirmmütze. Jetzt stolperte er, hüpfte dann rechtsbeinig und schüttelte den linken Fuß. Weiterrennend, legte er noch einen Zahn zu

– und verschwand in den Sträuchern, die an der Hauswand wuchsen.

„Heh! Haben Sie den gesehen?“ rief Locke entgeistert. „Was ist denn da los?“

Albrecht schob seinen Rollstuhl heran. „Was meinst du?“

„So ein verwegener Typ ist eben zum Haus gestürmt. Ich glaube, er hockt hinter dem Holunderstrauch. Von hier aus“, sie lief bereits zu dem hinteren Fenster des Zimmers, „müßten wir ihn sehen."

Auch hier blieb sie hinter der Gardine verborgen. Aber jetzt stimmte der Blickwinkel. Verblüfft beobachtete sie.

Der Mann kniete. Die noch winterkahlen Äste verbargen ihn nur unvollkommen. Zudem ragten Füße und Hinterteil hervor.

„Dort ist Krüglers Kellerfenster", haspelte Albrecht aufgeregt. „Der ... der bricht ein. Was sonst? Ist das etwa Sascha Krügler, der Terrorist?"

„Sascha Krügler?"

Als Redakteurs-Tochter wußte Locke sofort, wer gemeint war.

„Ja. Das ist das Haus von Dr. Krügler."

„Tatsächlich? Wußte ich nicht. Aber Sascha Krügler – nein! Dessen Foto habe ich damals im Tageblatt gesehen und später auf Steckbriefen. Der ist es nicht. Wohl eher ein Mittagseinbrecher. Also so was! Diese Typen werden immer dreister. Ist dort niemand im Haus?"

„Tagsüber nicht."

„Jetzt kriecht er durchs Fenster."

Schemenhaft konnten sie durch die Zweige erkennen, wie der Mann einstieg.

Wenn nur Tom hier wäre, dachte sie. Der hätte ihn gleich am Kragen. Bis die Polizei kommt, ist der Einbrecher vielleicht schon getürmt. Oder fühlt er sich sicher und hat's mit der Ruhe?

Albrecht rollte bereits zum Telefon, war aber zu aufgeregt, um wählen zu können.

Locke wußte die Nummer auswendig – 4545666 – und nahm ihm das ab.

„Ein Notfall", rief sie, als das Präsidium sich meldete, „bei Dr. Krügler, dem Terroristen-Vater, ich meine ... also, in sein Haus wird eingebrochen. Mozart-Allee Nummer ... elf, glaube ich. Wir ..."

„Moment", sagte die Beamtenstimme, „Kommissar Menke steht zufällig neben mir. Er ist zuständig."

Den kenne ich, dachte sie. Trifft sich gut. Auch Papi hält ihn für fähig. Fritz Menke vom Dezernat sieben.

„Hallo!" tönte seine Frühjahrsschnupfen-Stimme. „Wer spricht dort?"

„Tag, Herr Menke! Hier ist Nina Rehm. Ich bin bei Herrn Albrecht, Mozart-Allee 9. Eben sehen wir, wie ein krimineller Typ durchs Kellerfenster rückseitig in das Nachbarhaus einsteigt. In die Villa von Dr. Krügler, der doch der Vater von dem Terroristen ..."

„Alles klar, Locke. Und du bist sicher, daß es nicht Dr. Krügler selbst ist, der vielleicht den Hausschlüssel vergessen hat?"

„Zwar kenne ich den Terroristen-Vater nicht. Aber daß der sich so abartig benimmt, glaube ich nicht. Außerdem hat Herr Albrecht Hintern und Füße des Einbrechers gesehen. Den Rest verbargen die Äste. Herr Albrecht meint auch, Dr. Krügler hätte andere Füße und einen anderen ..."

„Gut, ich komme", fiel ihr Menke ins Wort. „Und weil ich dich kenne, muß ich dir nachdrücklich verbieten, irgendwas zu unternehmen. Ist dein Freund bei dir?"

„Im Moment nicht. Tom kauft Knochenschinken."

„Ein Glück! Der wäre ja nicht zu bremsen. Bis gleich."

Sie legte auf.

„Die Polizei kommt. Wo Tom nur bleibt? Kommissar Menke wird sich persönlich herbemühen. Ich kenne ihn. Starker Typ. Um gewöhnlichen Einbruch kümmert er sich eigentlich nicht. Von Gunter weiß ich, daß er für besondere Verbrechen eingesetzt wird. Landesverrat, Terrorismus und so. Wahrscheinlich hat er einen heißen Draht zum Bundeskriminalamt. Daß er jetzt antanzt, hat wohl der Name Krügler bewirkt. Komisch! Wenn ein Terroristen-Vater bestohlen wird, fällt das gleich in eine andere Sparte."

Albrecht blinzelte aufgeregt und rollte von einem Fenster zum andern.

„Wir können und dürfen nichts tun", sagte Locke. „Müssen abwarten."

„Und beobachten."

Sie postierten sich hinter der Gardine und starrten hinüber.

Die Krügler-Villa hatte hohe Fenster. Vorhänge dichteten alles ab. Nichts rührte sich. In der Zeitungsröhre, die vorn am Gartentor angebracht war, steckten Anzeigenblätter. Locke konnte den blauen Aufdruck erkennen.

Und jetzt rufe ich Gunter an! dachte sie. Wenn das keine Meldung ist! Beim Vater des meistgesuchten Terroristen wurde eingebrochen. Toll! Und das Tageblatt bringt ein Interview mit den Augenzeugen. Noch toller!

3. Pistole im Safe

Siebert wußte, daß niemand im Haus war. Trotzdem blieb er vorsichtig. Er vermied Geräusche und verwüstete nichts.

Für den Notfall trug er eine Pistole bei sich. Sie war allerdings nicht geladen.

Damit drohen – ja. Aber er durfte – falls er erwischt wurde – nicht als Gewalttäter dastehen. Bei geladener Waffe hätte man ihm das unterstellt. Strafverschärfend wirkt sich das aus. Als ehemaliger Knastbruder wußte er Bescheid.

Er stieg die Kellertreppe hinauf.

Lohnende Beute war immer oben.

Jetzt stand er an der Tür, die ins Parterre führte.

Als er die Hand auf die Klinke legte, erstarrte seine Bewegung. Was war das?

Er traute seinen Ohren nicht.

Musik! Ein Radio spielte. Sehr gedämpft, aber vernehmlich.

Im nächsten Moment beruhigte er sich. Klar! Auch Ärzte sind vergeßlich. Dr. Krügler hatte das Gerät nicht ausgeschaltet. Logisch!

Er öffnete die Tür. Sie führte in die Eingangshalle, wo alles ziemlich schnieke und vom Feinsten war.

Krügler nagte offensichtlich nicht am Hungertuch und hatte Sinn für luxuriöse Wohnkultur.

Um so besser! Siebert haßte Menschen, die ihr Geld verfuttern, mit Fernreisen verpulvern, in affige Clubs tragen oder einzig und allein in Aktien anlegen. Bei diesen Typen war nichts zu holen. Kein Schmuck, keine Goldmünzen, keine wertvollen Miniaturen. Meistens nicht mal Bargeld. Aber hier, das ganze Haus roch förmlich nach fetter Beute.

Er spitzte die Ohren.

Das Radio war in einem der vorderen Räume: dem Kaminzimmer, wie er durch die Glastür sah.

Er trat ein. Antiquitäten, in Regalen hübsch aufgestellt, blinzelten ihn an. Na also!

Das Radio gehörte zu einer aufwendigen Stereoanlage. Gern hätte er die mitgenommen. Aber sie war zu umfangreich. Nein, er nahm nur, was sich in zwei Händen verbergen ließ.

Die Musik gehörte zu einem Verkehrsfunksender und war ihm zu plärrig. Er liebte nur Volksmusik – gemütvolle Weisen vom grünen Wald und Bergeshööööhhhn. Stirnrunzelnd musterte er die blitzenden Metallknöpfe. Er fand den richtigen – und Stille herrschte im Haus.

„So, dann wollen wir mal!“ meinte er halblaut. „Zuerst ...“

Hinter ihm knackte Holz.

Er wirbelte herum.

Der Typ verharrte auf der Treppe, die ins Obergeschoß führte.

Nein! schoß es Siebert durchs Hirn. Unmöglich! Das Haus ist leer. Zwei Tage habe ich beobachtet.

Sein Herz hämmerte.

Sie starrten sich an.

Nicht länger als zwei Sekunden dauerte das. Dann riß Siebert seine Pistole hoch.

Sprechen konnte er nicht. Er hätte gestottert. Ein stotternder Einbrecher – lächerlich!

O Mann! dachte er. Jetzt weiß ich's. Krügler! Der Krügler, also. Der Vater des Terroristen. Und hier habe ich ihn leibhaftig vor mir: den vielgesuchten Sascha Krügler.

Er war Mitte Zwanzig, mittelhoch gewachsen, knochig. Das hagere Gesicht wirkte schmuddelig durch den Drei-Tage-Bart. Braun-blondes Haar, kurzgeschnitten. Die Augen glitzerten eisig wie Sterne in einer Winternacht.

Dem Einbrecher fiel ein, was der Terrorist auf dem Gewissen hatte, wie selbstverständlich Gewalt für den war. Ihn schauderte.

„Sascha Krügler!“ Sieberts Stimme gehorchte wieder. „Der Terrorist, nach dem sich die Bullen die Hacken schieflaufen. Versteckt sich im Hause seines Papas. Wer hätte das gedacht! Hier wurde schon gesucht, nicht wahr? Aber der Herr Doktor

gilt als ehrenwert und ist tieftraurig über seinen mißratenen Bengel."

„Mach keinen Scheiß, Mann!" Sascha legte die Hände aufs Treppengeländer. „Was willste?"

„Klauen. Oder dachtest du, ich bin der Stromableser?"

„Und nun?"

„Wie hoch ist denn die Belohnung, die's für dich gibt?"

„Ziemlich hoch. Deine Hinterbliebenen könnten dir eine hübsche Beerdigung arrangieren."

„Was?"

„Damit will ich sagen, Mann: Meine Freunde bringen dich um, wenn du jetzt Mist baust."

Siebert grinste. „Ich kam her, um zu klauen. Ein mühseliges Geschäft. Jetzt weiß ich ein besseres. Du gibst mir Schweigegeld, und ich verschwinde."

Der Terrorist schien nachzudenken. Seine Miene verriet nicht viel. Er nickte.

„Meinetwegen. Aber nicht zu unverschämt, Freundchen. Wieviel?"

„Ich will 20000! Sofort!"

„Das ist ziemlich viel Kohle. Davon muß ich ein Jahr lang im Untergrund leben."

„Ist das hier der Untergrund? Den hätte ich mir anders vorgestellt."

„20000. Na gut! Aber ich weiß nicht, ob mein Vater soviel im Haus hat. Ich gebe dir, was da ist. Einverstanden?"

„Erst mal sehen."

Sascha kam die letzten Stufen herab. Er bewegte sich geschmeidig.

Siebert bemerkte, daß er Jeans und Basketball-Stiefel trug. Der graue Pullover war lappig und in den Hosenbund gestopft.

„Die Kohle ist dort." Sascha deutete zur Längswand des Kaminzimmers. Gemälde bedeckten den größten Teil der Tapete.

Daß sie zu groß waren zum Abtransport, hatte Siebert längst festgestellt.

Er wich zur Seite, um Abstand zu lassen zwischen Sascha und sich.

Aber der versuchte keinen Trick. Offenbar flößte ihm die Waffe Respekt ein.

Er nahm eins der Gemälde von der Wand. Es zeigte eine Flußlandschaft mit auffliegenden Wildgänsen.

Hinter dem Bild befand sich der Safe. Ein kleiner, einbruchsicherer Wandsafe.

„Kennst du die Kombination?“ fragte Siebert.

„Klar.“

„Wohl immer noch Papas Liebling, wie?“

„Mein Vater billigt nicht, was ich tue, aber er läßt mich nicht fallen.“

„Dann bereitest du ihm aber ganz hübsch Kummer – auf seine alten Tage.“

„Das geht dich einen Dreck an!“

Als er öffnete, stellte er sich vor den Safe. Seine breiten Schultern verdeckten ihn ganz. Die Pistole lag vorn im Fach.

Sascha nahm sie und drehte sich um.

*

Tom parkte seinen Roller, nahm die beiden Supermarkt-Tüten und lief zur Haustür.

Hoffentlich habe ich nichts Falsches gekauft, dachte er. Diese Tippfehler auf dem Einkaufszettel! Da liest sich *Frischbutter* leicht wie *Fischfutter*. Aber von dem Molkereiprodukt sind Kärpflinge und Guppys bestimmt nicht begeistert.

Bevor er klingeln konnte, riß Locke die Tür auf.

„Psssttt!“ zischte sie ihn an.

Der gestreckte Zeigefinger kreuzte ihre Rosenlippen. Ihre Glutaugen sprühten. Jagdfieber blitzte in den Pupillen.

„Was ist los? Schläft er?“

Sie zerrte ihn in die Wohnung und schloß die Tür mit der Schulter.

„Nebenan ist ein Einbrecher. Und weißt du, wem die rosarote Villa gehört?"

Tom erfuhr, was sich ereignet hatte während seiner Abwesenheit. Grinsend stellte er die Tüten auf den Tisch.

„Bis jetzt rührt sich nichts", rief Albrecht, der am Fenster aufpaßte.

„... und hat Menke gesagt, daß ich nichts unternehmen soll", beendete Locke die Info.

„Damit hat er recht. Aber das gilt nicht für mich." Tom hob die Achseln.

„Habe ja keine Ahnung von dem Verbot. Statt nämlich hier reinzurauschen, habe ich die Tüten vor die Tür gestellt und dann versucht, das kranke Kätzchen einzufangen, das sich drüben durch den Garten schleppte. Das Kätzchen war leider schon weg. Aber bei diesem Ausflug habe ich das aufgebrochene Fenster entdeckt, und als heranwachsender Staatsbürger bin ich schließlich verpflichtet ... blahblahblah ... Siehst ja, wie lange unsere überlasteten Ordnungshüter brauchen."

„Du willst doch nicht etwa ...?" rief Albrecht.

„Freilich will ich. Aber keine Sorge. Ich werde lediglich vor dem Mauseloch lauern. Um dem Typ den Rückweg abzuschneiden. Es könnte ja sein, Menke nähert sich mit Sirenengeheul. Wenn das der Einbrecher auf sich bezieht, wird er rückseitig türmen."

„Wahrscheinlich kommt Gunter her", rief Locke ihm nach.

Aber da war Tom schon im Freien.

Er umrundete Albrechts Haus auf der dem Tatort abgewandten Seite, pirschte durch den baumreichen Garten, bückte sich hinter Büsche und Sträucher und war dankbar für die Hecke.

Er fand eine Stelle zum Durchzwängen. Zack über den Zaun! Und schon stand er an der hinteren Hausecke der rosaroten Villa.

Mit Adlerblick hatte er auf die diesseitigen Fenster geachtet. Aber kein Vorhang bewegte sich. Nein, der Einbrecher war anderweitig beschäftigt.

Geduckt pirschte Tom an der Rückfront entlang. Jetzt sah er das Kellerfenster. Es stand offen. Die Scheibe war eingedrückt. Splitter lagen auf dem Steinboden des Raumes.

Tom blickte zu dem Fenster hinüber, wo Locke und Albrecht hinter der Gardine standen. Sehen konnte er die beiden nicht. Aber er winkte mal kurz. Dann schob er sich durchs Fenster.

Der Raum roch muffig. Gerümpel lag herum. Spinnen hatten fleißig ihre Netze gesponnen. Kellerparties fanden hier bestimmt nicht statt.

Die Tür führte in den Heizungsraum, die nächste in einen Gang, der durch ein straßenseitiges Kellerfenster Tageslicht erhielt.

An der Treppe machte er halt. Sie war steil. Die Tür oben stand offen. Er konnte einen Ausschnitt der holzgetäfelten Decke sehen, mehr nicht. Er lauschte.

Rumpelnd sprang die Zentralheizung an.

Tom stieg drei Stufen hinauf.

In diesem Moment krachte der Schuß.

Tom erstarrte.

Ein Schrei folgte. Der Schrei steigerte sich zum Gebrüll.

Um Himmels willen! Wer schoß da auf wen?

Er jagte hinauf.

Die Eingangshalle.

Durch eine gläserne Schiebetür, die weit geöffnet war, sah er in ein Kaminzimmer.

Ein Mann – nach Lockes Beschreibung mußte es der Einbrecher sein – kniete auf dem Teppich. Schmerz verzerrte das Gesicht. Er wankte hin und her, preßte eine Hand auf die rechte Schulter. Zwischen den Fingern sickerte Blut hervor.

Der Schütze stand links an der Wand, vor einem geöffneten Safe, wandte Tom das Profil zu und hatte ihn noch nicht bemerkt. Die Pistole hielt er auf den Einbrecher gerichtet.

„Nicht erschrecken!“ rief Tom. „Ich bin kein Einbrecher, sondern Vorhut der Polizei.“

Der Mann war herumgefahren. Drohend wies die Pistolen-

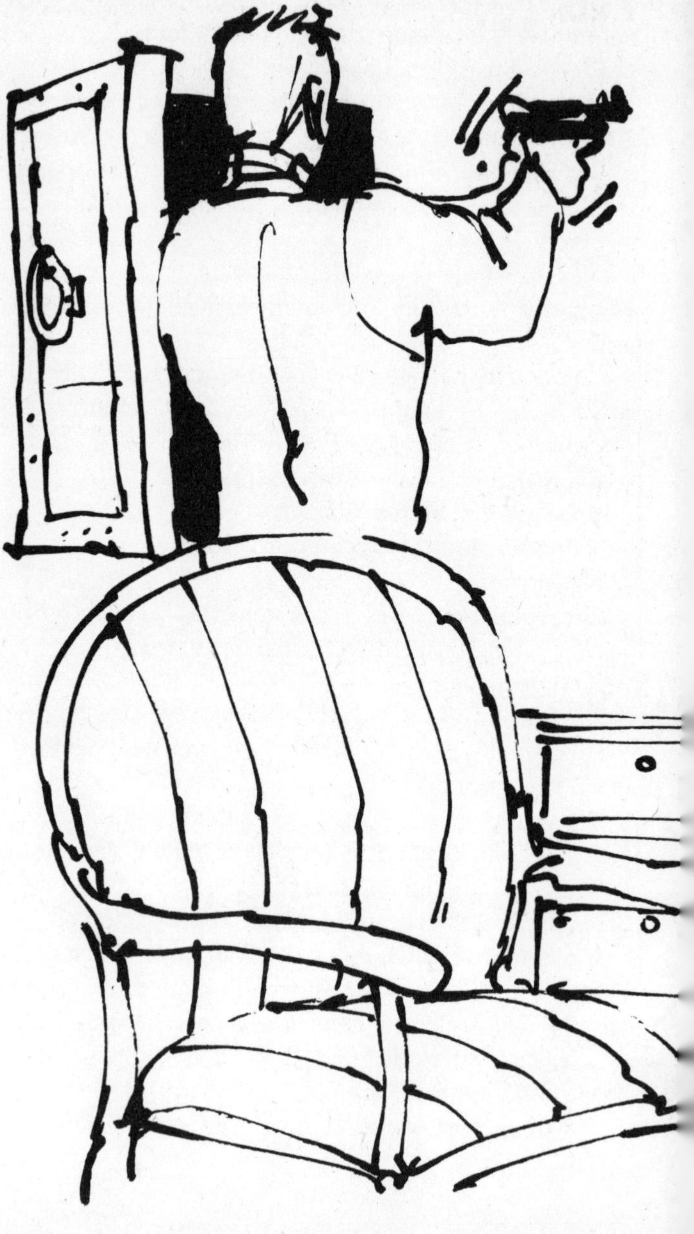

mündung jetzt auf Tom. Über die Entfernung von elf, zwölf Schritten sahen sie sich an.

Toms Gut-Freund-Lächeln erlosch mehr und mehr.

Ich glaube, mein Schwein pfeift, dachte er. Das kann doch nicht... ist doch nicht... Doch! Sascha Krügler! Und er merkt, daß ich ihn erkenne.

Der Einbrecher brüllte nicht mehr. Er hatte seine Wehlaute auf ein Wimmern herabgeschraubt, sank jetzt vornüber und blieb bäuchlings auf dem Teppich liegen.

Gedanken schossen Tom durch den Kopf. Aber nur einer war wichtig: Der Terrorist versteckte sich hier. Er war entdeckt. Was würde er tun?

Mit einem Riesensatz warf Tom sich in Richtung Kellertür. In derselben Sekunde peitschte der Schuß auf. Die Kugel schlug in die Wand. Kalk spritzte umher.

Tom flog fast die Treppe hinunter. Drei, vier Stufen stolperte er. An die Wand prallend, fing er sich. Zurück! Er zog die Tür zu, griff aber rasch hinter sich und zog den außen steckenden Schlüssel ab.

Schritte näherten sich.

Wieder krachte ein Schuß. Die Kugel traf die Tür, riß Späne aus dem Holz. Tom schloß von innen ab. Das geschah im letzten Moment. Schon wurde an der Klinke gerüttelt.

Tom preßte sich an die Wand, atmete aus, machte sich schmal und noch schmaler. Wohl war ihm nicht, sondern ziemlich flau im Magen. Würde das Holz die Geschosse abhalten?

Der Terrorist schoß nicht mehr. Seine Schritte entfernten sich, polterten eine Treppe hinauf.

Ein Trick?

Leise schloß Tom auf. Nur einen Spalt öffnete er die Tür. Das reichte. Er sah genug.

Der Einbrecher lag auf dem Teppich, war offenbar bewußtlos. Sascha Krügler rumorte im Obergeschoß.

Tom begriff. Für den ging's jetzt um alles. Er war entdeckt, mußte also türmen, wollte aber wenigstens die Zahnbürste und frische Socken mitnehmen. Daß Nachbarn die Schüsse gehört hatten – damit war zu rechnen. Also würde es nicht lange dauern, bis hier ein Streifenwagen vorfuhr.

Wenn du wüßtest, dachte Tom, wie rasch der – hoffentlich – da ist.

Er schloß die Kellertür, leise, leise. Die Angeln quietschten nicht. Er steckte den Schlüssel ein und schlich los. Wie konnte er diesen Gewalt-Hirni aufhalten? Auge in Auge lief nichts. Gegen eine geladene Pistole nützt kein Karate. Also mußte er ihn hinterrücks überwältigen.

Noch während er sich umsah, kam Sascha Krügler die Treppe herab.

Tom konnte gerade noch in ein hübsches Eckzimmer springen – ein Spiel- und Musikzimmer, wie sich zeigte. Billardtisch und Klavier standen ziemlich dicht beieinander. In einer Ecke versammelten sich sieben oder acht Stühle. Vermutlich ließen sich dort die Musikfreunde nieder, wenn Dr. Krügler in die Tasten griff.

Tom schob einen der Stühle unter die Türklinke. Sonst hätte er sie mit Muskelkraft hochdrücken müssen, falls der Bombenleger herein wollte.

Er wollte nicht.

Tom hörte, wie weiter hinten im Haus zwei Türen zufielen – krachend. Er lief zum Fenster. Es lag rückseitig. Er konnte in den Garten sehen.

Tatsächlich! Offenbar durch die Hintertür hatte der Terrorist das Haus verlassen. Er trug Mantel und Hut. Und in der Hand eine Reisetasche, die vollgepfropft war. Er rannte. Dauernd sah er sich um. Er befürchtete Verfolger.

Wo hatte er die Pistole?

In der Hand hielt er sie nicht mehr. Aber die rechte Manteltasche beulte aus und hing tief, als zerre ein schweres Gewicht im Futter.

Nee! dachte Tom. Noch mal hüpfe ich nicht als Zielscheibe herum. Soll er abhauen. Jeder tollkühne Einsatz hat seine

Grenze – besonders wenn's um Leib und Leben geht: um meines, zum Beispiel.

Er sah ihm nach, ohne nachzusetzen. Sascha hechelte durch den Garten zum rückwärtigen Zaun. Jetzt stolperte er und machte taumelige Schritte. Dabei wurde die Tasche hin und her geschleudert. Und genau bei einer Hin-Bewegung fiel etwas raus.

Großformatig war's wie ein Zeichenblock. Aber dicker. Ein Telefonbuch?

Die sind gelb, dachte Tom. Ist es also nicht.

Sascha hatte den Verlust nicht bemerkt, erhöhte seine Gabe an Fersengeld und erreichte den Zaun. Er hatte Schwierigkeiten, ihn zu überwinden, fiel mehr hinüber als daß er stieg. Als Hürdenläufer war er eine Null. Aber jetzt überquerte er die leblose Straße drüben und verschwand im Park.

Tom ließ die Gardine zurückfallen.

Vor der Villa kreischten Reifen. Die Polizei rückte an, um eine Nasenlänge zu spät.

4. Herstellungsfehler

Kommissar Menke, ein Mittvierziger, war groß und sah beneidenswert gut aus: mit dunklem Haar, blauen Augen und offener Miene. Meistens lächelte er Locke an, wenn er redete – auch wenn seine Worte an Tom gerichtet waren oder an den uniformierten Polizisten, den er mitgebracht hatte.

Dringend wurde der Notarzt gebraucht. Er war schon auf dem Weg.

Theo Siebert, der Einbrecher, hatte viel Blut verloren, Krüglers Teppich war rot gefärbt. Immerhin war das Bewußtsein in den Einbrecher zurückgekehrt. Er fand genug Kraft, um zu schlottern und sein Schicksal zu verfluchen. Dieser saudumme Zufall, daß er ausgerechnet hier zum Klauen einstieg!

Locke war herübergekommen. Sie und der Polizist legten Siebert einen Notverband an. Saschas Pistolenkugel steckte noch in der Schulter. Lebensgefährlich war die Wunde wohl nicht, aber schmerzhaft.

Aus dem, was ihm berichtet wurde – von Locke, Tom und Siebert – setzte sich Menke sein Bild zusammen. Allerdings hatte Tom nicht alles erzählt.

„... tststststs ...!“ machte Menke durch die Zähne. „Da kommt eine Menge Ärger auf den Alten zu, auf Dr. Krügler, meine ich. Versteckt seinen steckbrieflich gesuchten Sohn. Wer weiß, seit wann.“

„Wenn er schlau ist, behauptet er“, meinte Tom, „sein Abkömmling hätte ihn gezwungen. Etwa mit der Pistole.“

„Damit kommt er nicht durch. Selbst wenn er hier unter Druck stand – von der Praxis aus hätte er uns verständigen können. Trotzdem bin ich sicher, daß man Milde über ihn ausschütten wird. Immerhin handelt es sich um den eigenen Sohn, den er nicht ausliefern wollte.“

Sie standen im Krüglerschen Kaminzimmer.

Menke steckte Sieberts ungeladene Pistole – sie hatte in der Zimmerecke gelegen – in einen Klarsichtbeutel.

Der Wandsafe war leer. Zwei Schlafzimmer im Obergeschoß verrieten, daß sie jeweils von einer – männlichen – Person benutzt wurden. Aber für Sascha war das jetzt vorbei.

„Der muß wieder abtauchen zu seinen Komplicen", sagte Menke. „Wir sind sicher, daß es etliche konspirative *(einer Verschwörung dienend)* Wohnungen in der Stadt gibt. Nur die Adressen kennen wir leider nicht. Und die Terroristen – der harte Kern besteht nach unserer Schätzung aus vier oder fünf Typen – haben's dort ganz gemütlich."

Mit dem Präsidium hatte er bereits telefoniert.

Streifenwagen durchkämmten jetzt das Stadtviertel und die umliegenden Zonen. Gefahndet wurde nach Sascha Krügler. Über Sprechfunk hatten alle Uniformierten von der Einsatzzentrale erfahren, welchen Mantel der Terrorist trug, welchen Hut, wie die Reisetasche aussah – und daß er bewaffnet war.

„Mehr können wir im Moment nicht tun." Menke klopfte Tom auf die Schulter und lächelte Locke an. Vielleicht wünschte er sich eine Tochter wie sie. Oder es war die Verbundenheit mit der Familie Rehm, denn Gunter und er spielten bisweilen Tennis. Meistens in der Halle, und der Verlierer mußte die Platzmiete bezahlen.

Tom schlenderte beiseite.

„Was hast du denn?" zischelte Locke ihren Freund an.

„Wie meinen?"

„Du starrst dauernd durchs Fenster in den hinteren Garten."

„Du weißt doch, wie ich Gärten liebe, Schatzi."

„Was ist an dem besonderes?"

„Findest du nicht: Die Frühlingsluft liegt über ihm wie hingetuscht."

Locke hob eine Braue. Dann dämpfte sie die Stimme. „Glaubst du, der Berufsattentäter kommt zurück?"

„So blöd wird er wohl nicht sein. Irre ich mich, oder hast du mir vorhin nachgerufen, Gunter käme."

„Eigentlich müßte er schon hier sein."

Dann warte ich noch, dachte Tom. Aber er ließ – wie Locke

sehr richtig bemerkt hatte – keinen Blick vom rückwärtigen Garten. Das, was Sascha verloren hatte, lag neben einem Blaupflaumen-Zierstrauch. Über die Entfernung von etwa 30 Metern schimmerte es hell und kartonig.

Menke würde ausrasten, dachte Tom, wüßte er, was ich ihm unterschlage. Aber die Familie geht vor. Vielleicht hat der Terror-Veranstalter 'ne enorm heiße Kiste verloren. Dann ist es nur recht, wenn erst mal Gunter seine journalistische Schnüffelnase reinsteckt. Vielleicht beschert das dem Tageblatt die Supersensation, und die Polizei kann dann nachziehen.

Drei Streifenwagen standen jetzt vor dem Haus.

Menke erteilte Weisungen. Die Wagen fuhren ab. Neue kamen. Auch der Notarzt war eingetroffen.

Siebert wurde wegen Blutverlustes an einen Tropf gehängt, auf eine Trage gebettet und dann mit Blaulicht und Sirenengeheul zum Operationstisch gefahren. Daß sein Einbruchsdiebstahl so endete, hätte er sich vorhin noch nicht träumen lassen.

Zusätzliche Kripobeamte wimmelten jetzt in der Zuckerbäkkervilla herum.

Locke und Tom beschlossen, zu Albrecht hinüberzugehen. Der kiebitzte zwar am Fenster. Aber der rechte Durchblick fehlte ihm.

Als sie auf die Straße traten, wirbelte der Wind welkes Laub auf: die Reste vom vorjährigen Herbst.

Ein Saab mit Turbo-Motor schnaubte die Mozart-Allee herauf und hielt vor Albrechts Adresse. Gunter stieg aus.

„Der Terroristen-Lümmel hätte beinahe Tom erschossen", rief Locke, „den Einbrecher hat er zu 50 Prozent umgebracht. Aber er wird überleben, meint der Notarzt. Einbrecher sind ja im allgemeinen zäh."

Gunter schob die Brauen zusammen. „Wie bitte?"

Er trug seine sandfarbene Lederjacke und wirkte gelassen, obwohl ihn ständig die Eile bedrängte.

In knappster Form wurde er von Tom und Tochter informiert.

Vergiß Mops nicht
uns zu interviewen!
Was meinst du?

„Menke hat mich zusammengeputzt", Tom grinste, „weil ich das Verbot mißachtet habe. Er befahl Locke, nichts zu unternehmen. Wie konnte ich das wissen, wo ich doch nur dem Kätzchen nachgerannt bin! Ganz zufällig bin ich dann durch das geknackte Kellerfenster ins Haus gefallen."

„Was er dir natürlich nicht glaubt", sagte Gunter und kniff ein Auge zu.

„Kriminaler sind so." Tom zuckte die Achseln. „Wem glauben die schon? Doch höchstens einem Ganoven, wenn der ganz geschickt lügt."

„Ich rede mal mit ihm, dann mit euch. Ihr seid bei Albrecht?" Gunter wandte sich ab.

„Vergiß bloß nicht, uns zu interviewen", sagte Tom. „Vielleicht ist noch eine Überraschung im Busch."

„Was meinst du?" Gunter wurde augenblicklich hellhörig.

„Ich muß meine Gedanken ordnen." Tom bemühte sich, verwirrt auszusehen. „Im Moment ist alles wie ein schlimmer Traum. Eigentlich müßte ich doch unter Schock stehen, nicht wahr? Zweimal hat der Kerl auf mich geschossen. Weshalb bin ich so cool?"

„Weil du ein Trampeltier bist", sagte Locke. „Komm jetzt zu Albrecht."

Sie gingen hinüber.

Noch warte ich, dachte Tom unterwegs. Ich darf Gunter nicht in einen Zwiespalt bringen. Erst wenn die Polizei weg ist, zeige ich ihm, was der Schreckens-Experte verloren hat. Vielleicht ist es auch gar nichts. Nur ein Karton Herrenunterwäsche oder eine Uralt-Mappe aus dem Lesezirkel. Will mal meine Hoffnung nicht zu hoch schrauben.

Albrecht war blaß vor Aufregung. Jedes Wort, das sie ihm berichteten, saugte er auf. Am liebsten hätte er sich Notizen gemacht. In seinem ereignisarmen Leben hatte sich lange nichts abgespielt. Und jetzt gleich das – direkt vor der Nase: Einbruch, Entdeckung des Terroristen, Mordversuche an Siebert und Tom, die Flucht und nun das Aufgebot an Polizei.

„Morgen schneide ich mir alle Artikel aus den Zeitungen aus“, sagte er. „Den Dr. Krügler bedauere ich. Seit 20 Jahren sind wir Nachbarn. Nett ist er. Und hilfsbereit. Was kann er dafür, daß der Sascha so mißraten ist.“

„Im allgemeinen“, sagte Locke, „sind die Eltern an der Entwicklung ihrer Kinder nicht ganz unbeteiligt.“

„Dem Jungen hat's an nichts gemangelt. Nur die Mutter ist zu früh gestorben. Da war er noch sehr klein. Aber ich kann mir nicht vorstellen, daß Krügler als Vater versagt hat.“

„Manche haben es einfach in sich drin“, stellte Tom fest. „Die könnten von einem Engel erzogen werden – sie landen doch hinter Gittern. Sind Montage-Fehler der Natur. Sehen Sie sich meine Freundin an! Irre viel Haare auf dem Kopf – und alle lang bis zum Steißbein. Aber keine einzige Locke. Ist auch ein Herstellungsfehler. Da kann man nichts machen.“

Albrecht lächelte.

Durch ihre Perlenzähne sagte Locke: „Wenn du meinen Mangel an Gekräusel mit Sascha Krüglers gewaltverbrecherischen Untaten vergleichst, muß ich einen schwerwiegenden Herstellungsfehler bei dir konstatieren *(feststellen)*. Reparieren läßt der sich leider nicht. Soweit sind die Gehirnchirurgen noch nicht.“

„Pfeifendeckel!“ rief Lorchen.

Locke lächelte maliziös *(arglistig)*.

Tom küßte sie auf die Wange. „Mit Locken wärst du mir unsympathisch.“

„Ich nehm dich ja auch so wie du bist.“

„Hm.“ Tom wandte sich an Albrecht. „Sie haben beobachtet, wie Sascha floh?“

„Klar. Jedenfalls sah ich, wie er durch die Hintertür kam. Habe ihn sofort erkannt. Ich war perplex. Als er dann lossauste, wollte ich zum hinteren Fenster. Dabei bin ich fast mit dem Rollstuhl umgekippt. Locke mußte mir helfen.“

Tom nickte. Albrecht hatte also nicht bemerkt, daß dort was im Garten lag – verloren von dem Fliehenden.

Er trat zum Fenster. Von hier aus konnte er den Gegenstand nicht sehen. Er lag hinter der Blaupflaume.

„Na", meinte Locke neben ihm, „siehst du dir wieder die getuschte Frühlingsluft an?"

„Hm."

„Im Gegensatz zu dir habe ich meinen Herstellungsfehler nicht im, sondern auf dem Kopf. Also vergackeiere mich nicht." Sie senkte die Stimme. „Wegen des Beinahe-Rollstuhl-Unfalls habe ich die Terroristenflucht nur zum Teil gesehen. War da was? Ist er zurückgekommen und hat sich im Garten eingebuddelt?"

„Die messerscharfc Beobachtung hast du voll drauf", lobte Tom. „Wenn wir Gunter entgegengehen, brauche ich's nur einmal zu erzählen. Da kommt er."

Gunter war bereits auf dem Weg.

Auch Menke und seine Kollegen hatten die Krügler-Villa verlassen, stiegen in ihre Fahrzeuge und schickten sich zum Abrücken an. Sicherlich erhielt der Terroristen-Vater jetzt ihren Besuch. Am Tatort war nichts mehr zu besichtigen, die Situation ohnehin klar.

Das Pärchen wollte Gunter entgegeneilen, denn als Mitwisser war Albrecht nicht gefragt. Aber ein höflicher Abschied dauert nun mal, deshalb kam Gunter doch noch herein; und Albrecht, der eifrige Leser seiner Kolumne, verwickelte ihn in ein längeres Gespräch.

Als sie sich dann wieder der milden Frühlingsluft aussetzten, sagte Gunter: „Hast du nun deine Gedanken geordnet."

Tom grinste. „Total."

„Und welche Überraschung kommt aus dem Busch?"

„Ich hoffe, es wird eine. Noch weiß ich ja nicht, was er vermißt, der Gewalt-und-Schrecken-Spezialist. So ein Dings", mit den Händen zeigte er das Format, „hat er im Garten verloren. Ist ihm glatt aus der Reisetasche gefallen, der vollgestopften. Wollen wir mal nachsehen?"

5. Alpha-X-Tango-13...

Schweiß perlte ihm auf der Stirn. Er war durch den Park gerannt, vor dem Exerzier-Platz links abgebogen, durch die Lagerhaus-Straße gehetzt und dann hinab zu den Flußauen.

Mehrmals hörte er Polizeisirenen. Zwei Streifenwagen fuhren in der Nähe vorbei. Aber Sascha Krügler konnte sich verbergen. Irrsinn!

Wie sicher hatte er sich gefühlt bei dem Alten, seinem gutmütigen Vater, dem er auf der Nase rumtanzte seit seinem 14. Lebensjahr. Und da kommt dieser Penner, dieser Dieb, und schon geht's den Bach runter!

Sascha hatte seine Sonnenbrille aufgesetzt. Die untertassengroßen Gläser versteckten sein Gesicht.

Er schlurfte die Uferpromenade entlang. Einige Leute führten ihre Hunde spazieren.

Köter! Er haßte Hunde. Überall hinterließen sie ihre Haufen. Manche Tölen waren bösartig. Er begriff nicht, weshalb man sie mögen sollte.

Niemand achtete auf ihn. In der Nähe der Friedensbrücke waren Telefonzellen.

Er trat in die erste und stellte seine Tasche auf die Ablage. Während er seine Textilien nach Münzgeld abklopfte, stierte er in sein Gepäckstück.

Der Reißverschluß stand offen. Vorhin hatte er sich nicht schließen lassen. Komisch! Jetzt ging's. Da war Platz genug.

Er ließ die Unterlippe hängen und beglotzte den Inhalt der Tasche. Dies und das, das und dies, jenes und ...

Die Dokumente! Wo waren die Dokumente?

Er begann zu wühlen – mit beiden Vorderhufen. Wie ein Hund, der einen Knochen ausbuddelt.

Die Dokumente! Für einen Moment wurde ihm ganz schwach in den Knien. Der Schweiß vermehrte sich. Angstschweiß.

Er entsann sich: Ganz sorgfältig hatte er das Kuvert mit den Dokumenten und Unterlagen in die Tasche gepackt. Aber jetzt

... jetzt war es weg. Verloren! Verloren? Um Himmels willen! Das würde bedeuten ... Wo hatte er's verloren? Im Park? Unmöglich. Da war er zwar flott geschritten, hatte aber die Tasche an sich gepreßt. Danach? Noch unmöglicher. Um nicht aufzufallen, hatte er das Tempo gemäßigt. Also? Nur im väterlichen Garten konnte es passiert sein. Beim Sprinten. Als er strauchelte und beinahe gestürzt wäre. Das hieß: Dort – verdammt! – lag das Kuvert. Lag es dort noch? Oder hatten die Bullen den Garten geharkt? Nein, dachte er, ist nicht anzunehmen. Das Haus werden sie durchsuchen. Aber wozu den Garten?

Seine Finger zitterten, als er Claus Dreier anrief.

Dreier war der Boss der terroristischen Vereinigung: ein Wolf im Schafspelz, der unerkannt unter seinen Mitbürgern lebte. Jedermann hielt ihn für die Harmlosigkeit in Person. Aber hinter der Biedermanns-Maske versteckte sich ein Mensch ohne Gewissen. Als Terrorist zählte Dreier für drei.

„Dreier", meldete er sich mit einer Stimme, als hätte er den Mund voller Sahnequark.

„Ich bin's, Claus. Sitze in der Tinte. Man hat mich entdeckt."

„Wie das?"

„Ein blödsinniger Zufall." Er berichtete – und schloß mit dem Bekenntnis: „... und dabei muß ich die Dokumente verloren haben."

Die Leitung vereiste.

Wenn er jetzt hier wäre, dachte Sascha, würde er mich umbringen. Ist ja auch übel. Sowas darf nicht passieren.

„Ist dir klar, was das bedeutet?" Dreier sprach immer noch vollmundig, mit der Zunge am Gaumen.

„Ja. Das heißt ..."

„Sind anfängliche Notizen dabei?"

„Nein. Die habe ich verbrannt. Alle Dokumente und Unterlagen habe ich verschlüsselt. Mit unserem Code (*Zeichensystem, Geheimschrift*) Alpha-X-Tango-13-Zombie-Moria. Den knackt sowieso keiner. Ich steige ja selbst nicht mehr durch und ..."

„Quatsch nicht! Was Menschen verschlüsseln, kann auch

durch Menschen entschlüsselt werden. O Teufel! Ausgerechnet! Mann, Sascha. Was steht alles drin: Unsere Pläne sind aufgeführt – mit allen Einzelheiten, unsere konspirativen Wohnungen sind aufgeführt – mit sämtlichen Adressen, unsere Sympathisanten, Gönner und Geldgeber sind aufgeführt – namentlich, unsere Ziele, unsere ... Sind die Fotos dabei?"

„Die ... äh ... ja. Du meinst doch die der sieben Politiker, denen wir einheizen wollen, demnächst, mit Bombe und Terror."

„Die meine ich. Nicht die von deiner Konfirmation. Merkst du endlich? Schlimmer geht's nicht."

„Ich wette, Claus, das Kuvert liegt noch bei uns im Garten. Wir müssen es nur holen. Aber ich kann mich dort nicht blicken lassen."

Dreier schien nachzudenken.

„Wir müssen sofort handeln", stellt er fest, „aber nicht, solange die Bullen noch dort sind. Du scheidest aus. Ich werde mich hüten, dort mein Gesicht zu zeigen. Also kommen nur Norbert oder Helmut in Frage. Wo bist du jetzt?"

Sascha nannte seinen Standort.

„Helmut wird dich abholen. Du beziehst unsere Ko-Wo (*konspirative Wohnung*) numero vier. Verhältst dich ruhig. Am besten, du schläfst täglich 24 Stunden. Norbert schicke ich zu eurem Grundstück. Als Anschleich-Künstler wird er die Dokumente finden, falls sie noch dort sind. Was der Teufel geben möge! Also im hinteren Teil des Gartens?"

„Zwischen Rückfront und Zaun."

„Bleib, wo du bist."

Dreier legte auf.

Merde! (*frz. Sch...*) dachte Sascha. Das nagt an meinem Ansehen. So ein Fehler darf einfach nicht sein! Jetzt bin ich der Doofe, der alles gefährdet. Hach, dieses Mistding!

Wütend drosch er auf die Reisetasche.

Hinter ihm wurde an die Glastür geklopft.

Erschrocken wandte er den Kopf. Gleichzeitig fuhr seine

Danke Boss!

Hand in die Manteltasche. Die Finger umspannten den Kolben der Pistole.

„Telefonieren Sie noch?“ fragte der Junge durch die Scheibe. Er mochte zehn oder elf Jahre alt sein und hatte Sommersprossen auf dem Gesicht.

„Was?“

„Wenn Sie fertig sind mit Ihrer Fernplauderei“, meinte der Youngster (*Nachwuchsspieler*), „könnten Sie mich mal ans Rohr lassen.“

Sascha zog sich den Hut in die Stirn. Kinder – wußte er – haben manchmal eine hellwache Beobachtungsgabe.

Er räumte die Zelle.

„Danke, Boss!“ meinte der Kleine und nahm den freien Platz ein.

Soll bleiben, wo ich bin, dachte Sascha.

Er schlenderte zu einer Bank. Sie war umgeben von Büschen, aber er konnte die Brücke, die Telefonzelle und einen Ausschnitt der Straße sehen. Wenn Helmut Günthagen vorfuhr, würde er ihn bemerken. Helmut, der Scampi, wie sie ihn nannten. Er war Feinschmecker, liebte die entsprechenden Restaurants und aß für sein Leben gern Scampis (*kleine Krebse*). Daher rührte der Spitzname.

Mit diesem Wesenszug erschöpfte sich allerdings das Liebenswerte an ihm. Was ihn sonst kennzeichnete, waren Hinterhältigkeit und Brutalität. Politische Ziele? Edle Wahnvorstellungen? Davon wußte er nichts. Terrorist war er nur, weil er sich daran weidete, seinen Mitmenschen Angst einzujagen. Darüber konnte er so herzlich lachen wie über einen guten Witz.

Während er auf der Bank hockte und wartete, ließen sich Spatzen vor ihm nieder. Sie umhüpften seine Füße. Er trat nach ihnen. Spatzen konnte er so wenig leiden wie Hunde.

Als er den Kopf hob, kam ein Streifenwagen über die Brücke.

Er erstarrte.

Der Wagen fuhr langsam, fast Schrittempo.

Suchend blickten die beiden Uniformierten umher. Besonders der Fahrer richtete viel Aufmerksamkeit nach links.

Um ein Haar wäre er auf den Kombi aufgefahren, der plötzlich stoppen mußte, weil ein Radfahrer kippelte und ihm vor die Reifen geriet.

Wissen die, wie ich jetzt aussehe? Hat der Blonde meine Beschreibung vermittelt? Eine Gäsehaut überlief Sascha.

Weshalb der zweite Typ in seinem Vaterhaus aufgetaucht war, konnte er nur vermuten. Offenbar hatte der Junge den Einbrecher beobachtet und war ihm gefolgt. Sei's drum! Der Junge hatte ihn erkannt. Ganz eindeutig erkannt. Sonst hätte er nicht die Glotzer auf volle Schärfe gezoomt (*eingestellt*).

Der Streifenwagen fuhr weiter.

Sascha atmete auf.

6. Die Schlüsselgier der Wanderratte

„... und deshalb“, sagte Tom, „dachte ich mir, daß erstmal wir die Fundsache beäugen, bevor sie dem Kommissar in die Hände gerät.“

Gunter schloß den Mund und schluckte.

Locke pfiff durch den Mundwinkel wie ein Gassenjunge.

„Ich glaub, mich tritt ein Pferd“, sagte Gunter. „Aber sooo falsch ist deine Überlegung nun auch wieder nicht. Schließlich bin ich zu allererst Journalist.“

Tom lächelte.

Aus den Augenwinkeln schielte Gunter zu Albrechts Fenstern hinüber.

War der Behinderte noch auf seinem Stammplatz hinter der Gardine?

„Er muß es nicht unbedingt wissen, nicht wahr?“ meinte Locke, die den Blick auffing. „Aber wir können mit dem Suchen nicht warten, bis es dunkel ist.“

Tom schnippte mit den Fingern. „Weshalb so geheimnisvoll? Wir suchen den Garten ab. Bestimmt macht Albrecht sein Fenster auf und fragt nach dem Warum. Wir sagen, ich hätte meine Hausschlüssel verloren – vorhin.“

„Da hast du dich nur dicht am Haus rumgedrückt“, entgegnete Locke. „Und nicht in 30 Meter Entfernung bei der Blaupflaume.“

„Du vergißt die Gefiederten. Was eine diebische Elster ist – die schnabelt mein Schlüsselbund und schwirrt ab querbeet. Das gilt auch für einen athletischen Spatz. Also müssen wir überall suchen.“

„Bei dem Blaupflaumen-Strauch?“ vergewisserte sich Gunter. „Am besten, du hebst die Fundsache auf, Tom, und steckst sie unter deinen Blouson. Da ist am meisten Platz.“

Sie zogen los.

Kaum näherten sie sich dem hinteren Teil des Gartens, öffnete Albrecht ein Fenster.

„Hallo? Liegt noch was an?“ rief er.

„Habe vorhin meine Schlüssel verloren“, antwortete Tom. „Und wenn mich nicht alles täuscht, sah ich eine Wanderratte. Die sind ja bekannt dafür, daß sie metallische Gegenstände verschleppen – vorzugsweise Schlüssel.“

„Aha!“ rief Albrecht.

Von diesem Wesenszug der Wanderratte hatte er offenbar noch nicht gehört.

„Klingt glaubwürdiger“, meinte Locke leise. „Daß ein athletischer Spatz deine sechs Schlüssel transportiert, nimmt dir höchstens ein Spar-Hirni ab.“

Gunter suchte beim Haus, tief gebückt.

Locke und Tom dehnten ihre Kreise in den Garten aus.

Albrecht blieb eisern am Fenster. Sicherlich hätte er gern geholfen.

Du nervst mich! dachte Tom. Hast du eigentlich meine Einkäufe schon ausgepackt?

Als er sich dem Blaupflaumen-Strauch näherte, wuchs die Spannung.

Es lag dort noch, das ... was? Am Rande seines Blickfeldes lächelte es ihm zu: Karton-bräunlich.

Und jetzt sah er, was es war: ein dicker Schnellhefter. Nein! Ein Din-A-4-Kuvert, prallgefüllt.

Er pirschte sich an, stellte sich so, daß er Albrecht den Rükken zukehrte. Er bückte sich, befühlte das Kuvert. Keine Bombe! Der Inhalt war Papier, ein dicker Stoß Blätter.

Während er den Fund gegen Albrecht abschirmte – mit seiner muskulösen Figur –, hob er das Kuvert auf und schob es unter den Blouson.

Als er den Reißverschluß hochzog, hob er gleichzeitig den Blick – und sah zur Straße.

Nanu!

Ein Mann stand am Zaun, hatte offenbar verharrt und herüber geglotzt. Jetzt wandte er den Kopf ab und bummelte weiter.

Irgendwas an seiner Haltung mißfiel Tom. Sie wirkte angespannt – trotz Schneckentempos und lässig baumelnder Arme.

Sascha ist es jedenfalls nicht, dachte Tom. So kann der sich nicht verwandeln. Außerdem ist der hier größer.

Es war ein Typ so um die Dreißig, gutaussehend, mit flachsblondem Haar und Solarium-Bräune (*Solarium = Bräunungsstudio*). Sein Wildleder-Trench war nicht zugeknöpft und der Gürtel über dem Hintern verknotet.

Ohne nochmal herzublicken, sohlte er ab.

Tom zog sein Schlüsselbund aus der Tasche und drehte sich um. „Ich hab's!" brüllte er. „Hier lag's. Soweit weg. Also hat die Wanderratte tatsächlich zugeschlagen."

*

Endlich!

Drüben an der Brücke hielt ein mausgrauer Kleinwagen. Helmut Günthagen, genannt Scampi, streckte winkend den Arm durchs Fahrerfenster. Er hatte Sascha entdeckt.

Na denn! Die Spatzen waren wieder da. Freches Volk! Der sommersprossige Junge war immer noch in der Telefonzelle und quasselte sich aus. Auch die zweite Telefonzelle war belegt – von einem pummeligen Teenager, der sich am Telefon ausweinte. Vielleicht Liebeskummer.

Sascha nahm seine Tasche und stiefelte zur Straße. Er sah nach rechts und nach links, entdeckte keinen Streifenwagen, glitt neben Helmut, dem Scampi, auf den Beifahrersitz und schubste die Reisetasche in den Fond.

„Hallo, Helmut!"

„Schöne Soße, die du uns eingebrockt hast", knurrte der anstelle des Grußes. „Ich weiß es von Claus. Kannst nur hoffen, daß Norbert die Unterlagen findet."

„Hm, ja. Wird er schon."

Helmut startete seinen italienischen Schlaglochhüpfer. Die Sitze waren unbequem. Sascha stemmte eine Hand gegen das Handschuhfach.

„Irgendwie ist zur Zeit der Wurm drin“, sagte Helmut.

Er hatte dünnes Haar und ein ausdrucksloses Gesicht, aus dem blasse Froschaugen hervorstanden. Der erste Eindruck von ihm war: ein aggressiver (*feindselig-angriffslustiger*), eiskalter Kerl. Dieser Eindruck stimmte.

„Nun übertreib nicht“, meinte Sascha.

„Es ist aber so. Nicht nur wegen deiner Panne. Norbert ist da auch in was reingeraten.“

„Ja? Davon weiß ich nichts.“

„Seine Jutta ist abgehauen.“

Jutta Finke war Studentin, ein nettes Mädchen. Sascha kannte sie nicht persönlich. Was er über sie wußte, hatten Norbert und Helmut ihm erzählt. Seit einem halben Jahr war sie mit Norbert zusammen. Von seinem Doppelleben hatte sie keine Ahnung. Das war auch der Grund, weshalb Sascha ihr nicht vorgeführt wurde. Dessen Steckbrief hing an allen Postämtern und Bahnhöfen aus.

„Abgehauen? Na und? Ein Weiberheld wie Norbert findet bestimmt eine neue.“

„Du verstehst nicht. Sie ist abgehauen, weil sie ihn durchschaut hat. Er glaubte, sie sei nicht in der Wohnung, als er mit Claus telefonierte. Unsere geplanten Anschläge auf die Politiker haben sie bekakelt. Sie hat mitgehört und begriffen. Norbert traf fast der Schlag, als sie aus dem Nebenzimmer kam. Totaler Schock. Vor allem für sie. Geheult hat sie, dann versucht, ihn zu bekehren, und gleichzeitig versichert, daß sie ihn niemals verraten wird. Immerhin liebt sie ihn ja. So ging das wohl stundenlang. Aber dann – als Norbert nicht aufpaßte – ist sie getürmt. Hat sich einfach verzupft, irgendwohin. Gestern war das. Jetzt sitzt er wie auf glühenden Kohlen. Hoffentlich baut die Tussi keinen Mist. Norbert hat Vorstrafen, ist also polizeibekannt. Wenn die nun doch was verlauten läßt, stehen bei ihm die Bullen sofort auf der Matte.“

Sascha ächzte.

„Ich glaube aber nicht, daß sie’s tut“, fuhr Helmut fort. „Da-

für ist sie zu romantisch – und zu blöd. Sicherlich verkriecht sie sich irgendwo, um ihr Gewissen zu massieren. Dann wird sie versuchen, aus Norbert einen ehrenwerten Staatsbürger zu machen. Wir können also in Ruhe entscheiden, was mit ihr wird."

„Teufel, Teufel! Dagegen ist ja meine Panne harmlos."

„Viel schlimmer, willst du sagen. Wenn das Material den Bullen in die Hände fällt, sind wir geliefert."

„Unser Code ist nicht zu knacken. Schwerer und komplizierter geht's nicht. Ihn zu entschlüsseln – das braucht Jahre. Im Grunde sind's ja mehrere Codes, die wir gleichzeitig anwenden und mischen, um alles noch verwirrender zu machen."

„Trotzdem."

Helmut lenkte den Kleinwagen durch eine schmale Einbahnstraße. Es war ein Viertel, in dem man billig wohnen konnte. Hinter den Häuserzeilen waren die verschmutzten Hinterhöfe zu spüren – ohne daß man sie sah.

„Achte mal auf das Bistro an der Ecke", wechselte Helmut das Thema, „dort werde ich demnächst speisen."

„Dort? Es sieht nach nichts aus."

„Aber die Küche soll vortrefflich sein, hat man mir gesagt." Er nuschelte, als liefe ihm das Wasser im Mund zusammen. „Allerdings erst seit kurzem. Wohl ein neuer Koch hinter dem Herd. Wenn sich das rumspricht, kann das Ding eine Goldgrube werden."

Sie fuhren an dem Bistro (*kleine französische Gastwirtschaft*) vorbei. Es hatte sich keinen Namen zugelegt, der zur Unterscheidung dienen konnte, sondern beschied sich mit dem gemalten Holzschild über dem Eingang: BISTRO

Fünf Minuten später hatten sie Ko-Wo 4 erreicht, eine Hinterhaus-Wohnung in einem heruntergekommenen Gebäude, wo Rentner und noch ältere Leute ihre Bleibe hatten – Senioren, die sich halsstarrig weigerten, in ein Altersheim zu gehen. Niemand kümmerte sich um den Nachbarn, obwohl es nirgends so nötig gewesen wäre wie hier.

Ko-Wo 4 bestand aus zwei Mansardenzimmern im vierten Stock.

Dreier hatte die Wohnung auf den Namen eines alleinstehenden Freundes gemietet, der inzwischen verstorben war – aber auch zu Lebzeiten nicht wußte, daß er hier eine Zweitwohnung unterhielt. Dem Hausbesitzer ging regelmäßig die Miete zu. Mehr interessierte ihn nicht.

Sascha sah sich um.

Es gab einen Schrank, einen Tisch, einen Stuhl, einen tragbaren Fernsehapparat, der in einer Ecke auf dem Boden stand, und zwei Matratzen, die als Bett dienten. Auch das Telefon stand auf dem Boden.

„Der reinste Luxus", meinte er grinsend. „So toll habe ich nicht mal bei meinem Alten gewohnt."

„Was willste. Ist ja nur ein Schlupfwinkel."

Im hinteren Raum entdeckte Sascha den Eisschrank. Er enthielt Konserven und Flaschenbier. Der Elektroherd war verschmutzt, sah aber aus, als würde er funktionieren.

Sascha trat zum Fenster. Der Blick reichte über Dächer und

wurde nach etwa 300 Metern von der Rückfront eines Hochhauses begrenzt.

Das Telefon klingelte. Helmut nahm den Hörer ab.

„Ja, Claus“, sagte er und winkte Sascha, näherzukommen, „sind eben eingetroffen. Keine Zwischenfälle.“

Er drehte den Hörer so, daß sein Komplice mithören konnte.

„Die Katastrophe ist perfekt“, tönte Dreiers Stimme durch die Leitung. „Norbert war bei der Krügler-Villa. Aber er kam zu spät. Andere haben unsere Unterlagen gefunden. Nicht die Bullen, sondern ... Also, von dem einen weiß Norbert, wer er ist. Der Typ heißt Gunter Rehm und ist verantwortlicher Redakteur beim Tageblatt. Sein Foto ist jede Woche in der Zeitung, nämlich über der Kolumne, die er schreibt. Mit ihm waren zwei Jugendliche: ein blonder Bursche, etwa 16 oder 17 Jahre, und ein hübsches, dunkelhaariges Mädchen.“

Sascha beugte sich zur Sprechmuschel.

„Der Blonde – das könnte der Typ sein, der nach dem Einbrecher auftauchte.“

„Vermutlich sind's die Kinder von Rehm“, erwiderte Dreier. „Norbert hat sie beschattet. Sind gemeinsam weggefahren. Rehm mit einem Saab, die Nachwüchsler mit Motorroller und Mofa. Norbert hat sich drangehängt – mit nötigem Abstand – und ist ihnen bis zum Haus einer gewissen Dr. Helga Conradi gefolgt, einer Tierärztin. Dort sind sie jetzt. Das heißt, sie haben unsere Unterlagen nicht zu den Bullen gebracht, obwohl sie genau wissen, wer das Kuvert verloren hat. Müssen sie wissen! Sonst hätten sie nicht so zielbewußt gesucht. Ich vermute, der Junge hat dich beobachtet, als du getürmt bist.“

„Rehm ist Journalist!“ rief Sascha. „Da liegt's doch auf der Hand: Er will den Braten erstmal für sich. Damit sein Käseblatt zum Zug kommt.“

„Scheint so. Und darin liegt unsere Chance. Die werden jetzt rumkniffeln, daß ihnen die Gehirnmasse glüht. Wir warten auf den richtigen Moment. Dann schlagen wir zu und holen uns alles zurück.“

„Wann wäre das?“ fragte Helmut.

„Spätestens heute nacht“, sagte Dreier. „Daß sie bis dahin den Code knacken, ist sicherlich unmöglich.“

„Völlig unmöglich!“ rief Sascha.

„Norbert beobachtet die Adresse“, erklärte Dreier abschließend. „Sobald sich was tut, verständige ich euch.“

7. Mühseliges Probieren

Helga hörte, wie der Wagen ihres Liebsten in die Einfahrt rollte und hielt. Der Motor verstummte. Wenig später wurden auch Motorroller und Mofa ausgeschaltet. Offenbar war Gunter langsam gefahren, damit die beiden den Anschluß hielten. Was war los? Was lag an?

Helga stand am Operationstisch in ihrer Tierarzt-Praxis und konnte nicht weg, war gerade dabei, eine Pudelhündin zu versorgen. An Glasscherben hatte sich Suzy die Pfote aufgeschnitten.

Helga hörte Nickis Freudengeheul, als ihre drei Leute drüben ins Haus gingen.

Suzy zuckte zusammen.

„Ihr Hund, ja?" fragte Frau Leichthammer, der das Tierchen gehörte.

„Nicki", nickte Helga und vollendete den Verband.

Noch den Dobermann mit dem kranken Magen, den Cocker mit der Bindehautentzündung und das appetitlose Meerschweinchen, dachte sie. Dann gehe ich rüber und sehe nach.

Drüben tobte Nicki noch immer.

Der mächtige, tigerartige Mischling wußte nicht, wen er zuerst abküssen sollte: Locke, Gunter oder sein Herrchen Tom.

Er entschied sich für Locke, legte ihr die Vorderpfoten auf die Schultern und klatschte seiner Lieblingsperson die lange Zunge rechts und links auf die Backen.

„Nicht so stürmisch, Nicki!" juchzte sie.

Er verstand das, stürzte sich voller Begeisterung auf Gunter und wechselte dann über zu Tom.

Gunter hechtete nach links und fing eine umstürzende Bodenvase gerade noch auf. Nickis Schweifschlag hatte sie getroffen – ungefähr mit der Wucht eines Gummiknüppels. Sowas passiert gelegentlich, wenn er freundlich wedelt.

Während Tom seinen Vierbeiner beruhigte, horchte Gunter ins Haus.

„Ist Mit-Ha nicht da?"

Er meinte die Haushälterin, die auf diesen Spitznamen hört.

„Heute nicht." Tom knorgelte Nicki.

„Um so besser."

Gunter hielt das Kuvert in der Hand. Er hatte erst einen Blick hineingeworfen, war sich aber bereits bewußt, was da auf sie zukam.

Im Wohnzimmer legte er das Kuvert auf den Cocktailtisch.

Tom sagte, er werde die Espresso-Maschine anwerfen, damit alle was hätten zum geistigen Auffrischen.

Gunter murmelte: „Hoffentlich ist er da", und griff zum Telefon.

Am anderen Ende der Leitung meldete sich Sohn Mike mit verhaltenem Gähnen. „Michael Rehm."

„Du wirst gebraucht", sagte Gunter. „Wir sind alle bei Helga. Beeil dich."

„Du liebe Güte! Eigentlich wollte ich gerade ... Dorothea hat schon Tee gebrüht. Wir wollen zusammen Geschichte büffeln."

„Sag deiner Freundin ab. Wir brauchen hier jedes verfügbare Gehirn. Ein Code muß geknackt werden. Ist eine enorm heiße Sache. Jetzt kannst du mal glänzen mit deinen mathematischen Fähigkeiten."

„O weh! Also gut. Doro wird böse sein. Aber für die Familie bringe ich ja jedes Opfer. Soll ich den Rechenschieber mitbringen. Oder genügt die Tabelle mit dem großen Einmaleins?"

„Am besten wäre ein Computer." Gunter legte auf.

Locke und Tom rumorten in der Küche.

Gunter setzte sich an den Tisch und breitete aus, was das Kuvert enthielt: einen dicken Stoß Blätter. Und ein kleines Kuvert, in dem offenbar Fotos waren – wie er fühlen konnte.

Auf vielen Blättern standen nur wenige Zeilen. Einige waren dicht beschrieben. Es handelte sich um eine steile, leicht nach links kippende Schrift. Kugelschreiber. Auf den ersten Blick wirkte alles wie sinnloses, willkürliches Gekritzel. Zahlen wechselten ab mit keilschriftartigen Zeichen. Selten waren Großbuchstaben eingestreut. Ein Code. Eine Geheimschrift.

Ziemlich kindisch wirkte das Emblem (*Kennzeichen, Sinnbild*), das auf jede Seite links oben aufgemalt war: ein Totenkopf, unter dem sich x-förmig zwei Knochen kreuzten. Auf einigen Blättern schien es sich um Wadenbeine zu handeln, auf anderen sahen sie mehr aus wie Oberschenkelknochen.

Locke und Tom kamen herein, trugen gemeinsam ein Tablett mit dampfenden Espresso-Täßchen und einer Schale Studentenfutter.

„Sieht ja heiter aus", meinte Tom und setzte sich auf die Couch. „Die Terroristen-Bande hat sich wohl ihr eigenes Verständigungssystem geschaffen."

„Stell dir vor", meinte Locke, „der eine schickt dem andern aus dem Urlaub eine Ansichtskarte – in der Art beschriftet. Wenn das nicht auffällt!"

„Terroristen machen keinen Urlaub", sagte Tom. „Die sind immer im Dienst. Wenn sie sich mal im Ausland aufhalten, dann nur notgedrungen, weil hier der Boden zu heiß ist. Oder sie nehmen teil an einem Ertüchtigungskurs bei Gleichgesinnten im Nahen Osten. Aber von dort kommt keine Ansichtskarte."

„Kluger Junge!" lobte Locke. „Wenn du groß bist, wirst du sicherlich Staatssekretär beim Bundesnachrichtendienst."

„Disziplin!" befahl Gunter. „Jetzt wird gearbeitet. Wir müssen den Code knacken. Und zwar schnell. Allenfalls bis Mitternacht kann ich den Kram zurückhalten, sonst reißt mir Menke – mit Recht – den Kopf ab. Schneller als wir knacken die zwar auch nicht, aber das werden sie nie zugeben."

„Was ist denn in dem kleinen Umschlag?" fragte Tom.

„Da bin ich auch neugierig."

Gunter öffnete ihn und schüttete Fotos heraus. Insgesamt sieben.

Verblüfft hefteten sich aller Blicke auf die abgebildeten Gesichter.

Ein Hobby-Fotograf hatte auf den Auslöser gedrückt. Offensichtlich hatte er mit Teleobjektiv gearbeitet, die Personen also aus der Ferne abgelichtet – ohne daß sie was merkten.

GRRRR
GRRRZ

Alle sieben waren Politiker, Männer der ersten Garnitur: bekannt und seit Jahren im Sattel. Um vier Bundes- und drei Länderminister handelte es sich.

Nicki, der zwischen Gunter und Locke saß, streckte den mächtigen Schädel über den Tisch und schnupperte an den Fotos.

Er begann zu knurren.

„Da hast du vollkommen recht", sagte Gunter, „jeder von denen hat schon gelogen, daß sich die Balken biegen, und Spendengelder – wie man Schmiergeld heutzutage nennt – stecken sie auch in die eigene Tasche. Trotzdem, Nicki, müssen wir verhindern, daß die Terroristen ihnen was antun."

Grund zu der Annahme bestand. Und wie!

Denn auf jedes Foto war mit Filzschreiber ein schwarzes Kreuz gemalt. Wie auf Trauerkarten.

„Was die jüngsten Staatsbegräbnisse betrifft", sagte Tom, „bin ich zwar nicht ganz im Bilde. Aber meines Wissens weilen diese Volksvertreter noch unter uns. Richtig?"

Gunter nickte. „Sie weilen. Woran Sascha und Konsorten offenbar Anstoß nehmen. Er scheint, sie haben sieben Attentate beschlossen."

„Da werden die Orang-Utans (*Menschenaffen*) aufpassen müssen." Locke krauste die Stirn. „Ach so! Die Gorillas, meine ich. So nennt man doch die Leibwächter?"

„Die privaten – ja. Minister werden aber von Polizeibeamten bewacht." Gunter stand auf. „Will mal gleich in der Redaktion anrufen. Allein dieser Fund ist sensationell. Bin dir zu Dank verpflichtet, Tom."

„Prima, daß dein Blatt das exklusiv (*ausschließlich*) hat. Die Konkurrenz wird sauer sein."

Gunter diktierte seinen Bericht durchs Telefon.

Dann begannen sie damit, den Code zu enträtseln. Das bedeutete: probieren, probieren, probieren. Zunächst griffen sie ein häufig vorkommendes Zeichen heraus. Es sah so aus: #. Sie tauften # in a um und versuchten nun, aus den Zeichen-Zahlen-Buchstaben-Gruppen Worte zu formen, indem sie für jedes # ein A setzten. Es kam nichts dabei raus. An Stellen, wo # als ##, also doppelt auftrat, hätten nur Wörter wie Aal, aalen, Aas, aasen, Haar oder Paar gepaßt. Das ergab keinen Sinn. Auch nicht, als sie jedes # durch ein B ersetzten.

Beim C kam Helga aus der Praxis herüber. Sie hatte den Arztkittel abgelegt, trug jetzt eine graue Hose und dazu einen blauen Pullover. Trotz der Müdigkeit unter den Augen sah sie hinreißend aus. Gunter blies ihr über zwei Finger ein rasches Bussi zu.

Helga lehnte sich an den Türrahmen. „Gott zum Gruß, mit Gunst und Verlaub – was treibt ihr denn hier? Kreuzworträtseln?"

„Wir knacken einen Code", antwortete Tom. „Und von unserer Intelligenz hängt es ab, ob die Bundesrepublik überdauert oder von ihren Feinden zerstört wird."

„Ein Jammer!" meinte Helga. „Ich liebe dieses Land. Wohin soll ich auswandern?"

„Allzuviel traust du uns offenbar nicht zu", lachte Gunter.

„Da Locke dabei ist, besteht ja noch Hoffnung."

Helga erfuhr, worum es sich handelte. Sie war fassungslos. Sie trank einen Espresso, setzte sich neben Gunter und begann mitzuarbeiten. Wenig später traf Mike ein. Gunters Ankündigung hatte ihn neugierig gemacht. Wenn sein Vater von einer ‚enorm heißen Sache' sprach, war das mindestens ein halber Weltuntergang. Für einen Moment hätte Mike fast die Worte verloren, als er hörte, was lief.

Fünf Köpfe waren jetzt mit dem Dechiffrieren (*Entschlüsseln*) beschäftigt. Zeit verging. Keiner merkte es. Alle schrieben, probierten, blickten kaum auf, murrten ärgerlich – weil es wieder nicht zutraf –, tranken Espresso und ließen nicht nach in ihrem Bemühen.

Nicki maunzte. Es war seine Zeit. Er mußte raus. Tom führte ihn gassi, aber nur ein kurzes Stück die Straße hinunter und wieder zurück.

Dämmerung sank aus den Wolken. Abendkühle breitete sich aus. Die Lichter gingen an.

Helga sagte, im Eisschrank wären Schinken und Käse. Wer Hunger habe, solle sich gefälligst selber versorgen. Aber niemand aß. Die Zeit drängte. Alle machten weiter. Und Nicki, der unter dem Tisch lag, stellte fest, daß sich seine Leute noch nie so einsilbig verhalten hatten. Wie langweilig! Er pennte ein.

8. Nächtlicher Besuch

„Es wird nichts!“

Entmutigt ließ Mike den Kugelschreiber fallen.

„Entweder fehlt uns die Begabung dafür“, stellte er fest, „oder es ist der beste Code aller Zeiten.“

„Mir bohrt dauernd eine dritte Möglichkeit im Hinterhaupt“, sagte Tom. „Nämlich die: Das ist gar kein Code. Es steckt gar nichts dahinter. Sascha Krügler hat völlig sinnlose Zeichen aufgemalt.“

„Weshalb sollte er?“ fragte Gunter.

„Um die Ermittlungsbehörden mit dem Zeug irre zu führen, falls es mal gefunden wird. Vielleicht sollte es gefunden werden. Vielleicht hat er das Zeug ganz absichtlich verloren.“

„Weil wir nicht vorankommen“, meinte Locke, „fängst du gleich an zu spinnen. Natürlich sind das hier äußerst wichtige Aufzeichnungen. Hinter dem Gekrakel verstecken sich Einzelheiten. Zum Beispiel, wie den sieben Volksvertretern das Licht ausgeblasen werden soll.“

„Der Meinung bin ich auch“, nickte Helga. „Mein Sohn ist nur wütend, weil's nicht vorangeht. Geduld war noch nie seine Stärke.“

Locke hielt sich beide Hände vors Gesicht, um ihr Gähnen zu verstecken. „Wie spät ist es eigentlich?“

„Zwei Minuten nach elf“, sagte Gunter. „Du müßtest längst im Bett sein. Mädchen, die sich die Nacht um die Ohren schlagen, kriegen matte Augen und runzlige Hände.“

„Matte Augen habe ich schon.“ Sie ließ ihre Pupillen sprühen. „Aber nicht deshalb, sondern wegen Mausi muß ich nach Hause. Mein Mäusetier braucht frische Haferflocken. Sie ist ein Nachtnager und will spätestens um Mitternacht frühstükken.“

Alle waren müde.

Seit mehr als sechs Stunden hatten sie sich vergeblich bemüht.

„Stecken wir's auf", sagte Gunter. „Menke und seine Leute sollen weitermachen."

Die drei Rehms verabschiedeten sich von den beiden Conradis.

Nicki, der jetzt schläfrig auf seiner großen Hundematratze lag, klopfte mit dem Schwanz auf den Boden. Das war Wedeln in Seitenlage und bedeutete Freude. Es dröhnte, als bearbeite ein Buschneger seine Trommel.

Mike hob Lockes Mofa in den Saab-Kofferraum, nahm dann seine schwere Maschine zwischen die Fußballer-Beine und stob los.

Locke glitt auf den Beifahrersitz. Gunter legte Saschas Kuvert ins Handschuhfach.

Helga und Tom lungerten vor der Haustür herum. Locke winkte, als sie abfuhren. Gunter hupte zum Abschied, aber nur kurz – wegen der Nachbarn. Immerhin ging's auf Mitternacht.

„Wann gibst du das Zeug ab?" fragte Locke.

„Nachdem ich dich nach Hause gebracht habe, fahre ich zum Präsidium."

„Menke wird schimpfen – oder wer auch immer das Zeug in Empfang nimmt."

„Ich lüge ein bißchen. Sage, Tom hätte im Krüglerschen Garten sein Schlüsselbund verloren. Als er eben danach suchte, ist er über die Tüte gestolpert."

„Das hatten wir schon mal. Aber mit guten Lügen ist es wie mit Kunstwerken – sie veralten nicht, werden sogar wertvoller im Laufe der Zeit."

„Man sollte nie lügen. Außer in Notfällen."

„Ich glaube, Papi, die meisten Lügner lügen in Notfällen. Daß jemand Lügen als Sport betreibt, ist selten."

Gunter lachte.

Locke schob ihren Sicherheitsgurt etwas höher und sah hinaus. Der Himmel war verschleiert. Die Mondsichel schien an den Rändern zu tropfen. Kein Stern. In den Gärten der Wohnviertel roch die Erde nach Frühling, hier und dort sogar nach Kunstdünger. Lichtpeitschen und Laternen strahlten ein anderes Licht ab als im Winter. Man konnte sich auf Ostern freuen.

In der Rehmschen Garage brannte Licht.

Mike hatte seinen heißen Zweirad-Ofen zwischen den Ölflecken abgestellt und stand jetzt, den Sturzhelm unterm Arm, in der Einfahrt.

Gunter fuhr nicht in die Garage, sondern wollte ja gleich weiter zum Polizei-Präsidium.

Als er hielt, lief Mike zum Heck und nahm Lockes Mofa aus dem Kofferraum. Dröhnend schloß sich der Deckel.

Locke stieg aus.

„Gunter, Moment noch!" rief Mike seinem Vater zu, schob Lockes Vehikel in die Garage und löschte das Licht.

Locke wollte die Beifahrertür schließen, aber Mike hinderte sie daran.

„Mir ist im Fahrtwind eine Idee gekommen", verkündete er mit gedämpfter Stimme, wobei er sich in den Wagen beugte. „Einen Versuch sollten wir noch machen. Und zwar mit technischem Einsatz. Blöd, daß mir das erst jetzt einfällt."

„Was meinst du?" fragte Gunter.

„Ihr habt doch seit kurzem im Pressehaus diesen Computer, mit dem noch keiner richtig umgehen kann."

„Jahhhh!" Gunter begleitete das mit einem Zischen durch seine Schnauzbarthaare.

„Aber ich kann's. Wie sich landauf, landab herumgesprochen hat, belege ich seit einem Jahr den Computer-Spezialkurs an unserer Penne. Inzwischen bin ich ein EDV-As (*EDV = elektronische Datenverarbeitung*). Was wir in sechs Stunden rumgerechnet haben – zu fünft, macht die Schnelldenkermaschine in zwei Sekunden – allein. Also?"

„Steig ein!" sagte Gunter. „Wir fahren ins Pressehaus. Hast du deinen Hausschlüssel, Locke?"

Sie kramte in ihrer Umhängetasche. Unter Papiertaschentüchern, Kölnisch Wasser, Taschenkamm, Taschenspiegel, Notizbüchlein, zwei Kugelschreibern, einer halben Packung Fruchtriegel, dem leeren Portemonnaie, einem Glücksschwein aus Hartgummi und sechs verknickten Briefmarken fand sie die Hausschlüssel: drei an einem Ring – für Garage, Haus- und Hintertür.

„Ich käme ja gern mit", sagte sie, „aber Mausi braucht Haferflocken."

„Helfen kannst du uns sowieso nicht", sagte Mike und stieg ein. „Was wir entschlüsseln, erfährst du früh genug."

„Falls ihr was entschlüsselt!"

„Diesmal gelingt es. Das spüre ich im Gehirn."

„Husch, ins Haus!" rief Gunter.

Er fuhr erst ab, als Locke die Eingangstür hinter sich schloß.

Sie blinzelte ins Dielenlicht, warf einen Blick in den Garderobenspiegel und stellte fest, daß sie jetzt tatsächlich matt war – um die Augen.

Das Motorgeräusch des Saab entfernte sich.

Locke betrachtete ihre Hände.

Glatt wie ein Kinderpopo, dachte sie. Keine Runzeln. Wäre ja auch gelacht. Außerdem haben wir Ferien. Da kann ich morgens Schlaf dranhängen. Uuuaaahhh ... bin ich müde!

Auf der Schiefertafel, die wie immer hinter der Dielentür hing und Rehmschen Hausmitteilungen diente, stand noch ihre Nachricht von vorgestern: *... bin im Yoga-Kurs bei Frau Siwananda Swami Pradipika.*

So hieß die Inderin, bei der sie zur Zeit ihre Yoga-Fähigkeiten vervollkommnete – und bereits die Beweglichkeit eines Regenwurms erreicht hatte, wie Tom feststellte.

Locke wischte über die Kreideschrift, gähnte, ging in ihr Zimmer, legte Helm, Tasche und Jacke ab.

Sie ließ die Jalousie vor dem Fenster herunter, trat zu Mausis Käfig und begrüßte den kleinen weißen Nager. Mausi, die eigentlich Helena heißt, machte Männchen. Locke schob einen Finger durchs Gitter, und Mausi knuspelte daran herum.

Aus den Augenwinkeln gewahrte Locke die gekonnte Unordnung ihres Jungmädchenzimmers. Sie vermied es, genau hinzusehen. Möglicherweise hätte sich sonst das Verlangen gemeldet, ein bißchen aufzuräumen. Aber, um Himmels willen, nicht jetzt! Und morgen schon gar nicht! Der Tag war verplant.

Sie ging in die Küche, holte Haferflocken und versorgte Mausi.

Sie schlüpfte aus den Stiefeln und tappte auf dünnen Strumpfhosensohlen zum Bad.

Schon lag die Hand auf der Klinke, als sie verharrte.

Kalte Luft wehte sie an – von irgendwo her.

Nanu! Stand irgendwo ein Fenster offen?

Mit vorgereckter Nase windete sie in Richtung Treppe.

Aber von dort kam der Zustrom polarer Kaltluft nicht.

Aus der Küche? Nein. Aus ihrem Zimmer ohnehin nicht. Haus- und Dielentür waren geschlossen.

Sie öffnete das Bad und blickte hinein. Hier war alles in Ordnung. Auch das Fenster des Gäste-WC nebenan befand sich in geschlossenem Zustand.

Sie tappte zum Wohn- und Terrassenzimmer, das mehr als die Hälfte der Nutzfläche im Parterre einnimmt. Ein wirklich geräumiges Zimmer, über 40 Quadratmeter groß. Deshalb werden die Rehmschen Parties auch immer hierher verlegt – besonders im Sommer, wenn man Terrasse und Garten einbeziehen kann.

Sie öffnete die Tür. Huch!

Aus der Dunkelheit schwallte ihr kalte Nachtluft entgegen.

Natürlich Mike, dieser Penner, hatte vergessen, die Terrassentür zu schließen. Da konnte sich ja sonstwer einschleichen.

Sie streckte die Hand zum Lichtschalter aus.

Bevor sie ihn erreichte, schloß sich eine Faust um ihren Unterarm.

Sie schrie auf. Hoch und schrill war der Schrei, fast tödlich der Schreck. Ihr Herzschlag setzte aus. Sie schrie nochmal. Dann trommelte ihr Herz an die Rippen. Ansonsten war sie erstarrt. Der dritte Schrei gefror in der Kehle. Kein Glied konnte sie rühren. Wäre nicht das Zittern in den Knien gewesen, hätte sie sich für tot – zumindest für bewußtlos gehalten.

„Still!" raunzte ihr eine Stimme ins Ohr. „Wenn du schreist, binden wir dir die Zähne zusammen."

Kein ... kein Gespenst! dachte sie. Dem Jenseits sei Dank! O Schock! Aber wer? Ein Einschleichdieb? Einbrecher?

Sie nahm allen Mut zusammen und schielte nach rechts, wo sich jetzt in der Dunkelheit eine Gestalt abzeichnete – schemenhaft. Aber, zum Henker!, ins Ohr geraunzt hatte ihr eine Stimme von links.

Tatsächlich! Da stand noch einer.

„Wer ... sind Sie?" piepste Locke. „Was machen Sie hier?"

„Dreimal darfst du raten", sagte der Rechte.

Immer noch hielt er sie fest – mit einem Griff wie der Bezirks-Vizemeister im Unterarmdrücken.

Vom Raten, dachte sie, habe ich für heute die Nase voll. Der Terroristen-Code reicht mir.

„Sind die Vorhänge geschlossen?" fragte der Rechte.

„Sind sie. Wir können Licht machen", erwiderte der Linke.

„Die Terrassentür!" erinnerte der andere.

„Ah, ja!"

Der Linke entschwebte.

Locke hörte, wie er die Tür schloß. Kühle Luft drang immer noch herein. Also hatten sie die Scheibe eingeschlagen.

Rrrraaatsch! schloß er den Vorhang.

Der Rechte machte Licht, ohne Locke loszulassen.

Sie zwinkerte.

Auch die beiden mußten sich erst an die Helligkeit gewöhnen. Vermutlich. Denn von ihren Gesichtern sah sie nicht viel.

Kälte-Schock-Wollmützen hatten sie sich über den Kopf gezogen, auch Sturmhauben genannt. Außer Sehschlitzen hatten die Kopfwärmer nur die Einschlüpf-Öffnung. Als Masken also bestens geeignet und deshalb bei Räubern jeglichen Kalibers durchaus beliebt.

„Keine Dummheiten!" warnte der Kerl, der bei Locke stand. „Sonst wenden wir Gewalt an. Klar?"

Sie nickte. „Mein Vater und mein Bruder kommen gleich

zurück. Sie holen Kommissar Schnapp ab und dessen Schwager, den Zolloberrat Douane. Der ist Landesmeister im Pistolenschießen. Ich soll schon die Goulaschsuppe aufwärmen, damit sie sich stärken können, bevor sie mit dem Skat-Turnier anfangen."

„Hahahah!" ließ sich der zweite Typ von der Tür her vernehmen. „Wenn du nicht besser lügen kannst, Herzchen, wirst du's schwer haben im Leben. Aber lassen wir das!"

Er war mittelgroß und figürlich ohne besonderes Merkmal, hatte weder drei Beine noch Arme von unterschiedlicher Länge.

Freilich, die Jeans, die er trug, kamen ihr bekannt vor. Auch die Basketballstiefel. Oben herum hatte er sich in einen Parka gehüllt. Das Warmfutter für den Winter war ausgeknüpft.

Der andere, der nun endlich ihren Arm freigab, war größer. Bekleidet war er mit Sportschuhen, Cordhose und einem Trench, wie man ihn zu Hunderten im Straßenbild sieht.

Beide hatten ihre Tastgriffel in Handschuhe gesteckt.

„Wie heißt du?" fragte der Trench-Träger.

„Nina. Nina Rehm."

„Gunter Rehm, der Journalist, ist dein Vater?"

„Jedenfalls nicht meine Mutter."

Der Parka-Träger lachte.

„Wenn du frech wirst", sagte der andere zu Locke, „kriegst du eine hinter die Ohren. Verstanden?"

Ihr Mut war zurückgekehrt. „Wehrlose Mädchen schlagen – darin sind Sie sicherlich meisterlich. Aber probieren Sie's mal bei meinem Freund Tom. Ich schicke Ihnen dann einen Blechkranz auf die Intensiv-Station (*Krankenhausabteilung für lebensgefährlich Erkrankte*)."

Der Trench-Träger wollte was erwidern, verschluckte sich aber am unteren Teil seiner Sturmhaube und wurde von Husten geschüttelt.

„Heh!" sagte der andere. „Dein Freund Tom – ist das so ein stabiler Blonder?"

Wie heißt du?

„Nein!“ sagte Locke. „Er trägt Glatze und wiegt nur 40 Kilo. Gehen Sie jetzt endlich! Verschwinden Sie! Beute gibt's hier nicht. Raus!“

Der Trench-Träger hustete nicht mehr. „Noch ein freches Wort“, drohte er, „und wir schneiden dir die Haare ab. Du scheinst eine falsche Vorstellung zu haben, was unseren Besuch betrifft. Es geht nicht um Beute. Es geht um die codierten (*verschlüsselten*) Aufzeichnungen, die Sascha Krügler heute nachmittag im Garten seines Elternhauses verloren hat. Begriffen? Wir haben euch beobachtet. Du, dein Vater und dieser Tom – ihr habt den Garten abgesucht und das Kuvert gefunden. Den ganzen Tag wart ihr dann bei dieser Dr. Conradi. Zur Polizei ist keiner von euch gefahren. Es ist auch kein Bulle ins Haus gekommen. Unsere Leute haben euch ununterbrochen beschattet. Als ihr abgerauscht seid, erhielten wir sofort Nachricht. Also haben wir hier euren Empfang vorbereitet. Dich, deinen Vater und den Motorrad-Typ haben wir erwartet. Aber jetzt, Zoff und Zombie!, sind die beiden weitergeheizt. Wohin? Wohin, frage ich dich! Spuck's aus.“

Locke schluckte. „Dann sind Sie ... Terroristen.“

„Wohin sind die beiden?“

„Ins ... ins ...“ Sie stockte. Was sollte sie sagen? Die Wahrheit?

„Zu den Bullen?“ Der Trench-Träger machte eine Bewegung, als wollte er sich auf sie stürzen.

„Wenn das der Fall ist“, sagte der andere rasch, „nehmen wir dich mit, Nina. Als Geisel.“

„Nein!“ rief sie. „Zur Polizei fahren sie nicht. Noch nicht.“

„Sondern?“

„Zum Pressehaus.“

„Was wollen sie dort?“

„Sie wollen den Computer benutzen, um die Geheimschrift zu entschlüsseln.“

9. Gefesselt und geknebelt

Verblüffung! Von den Sturmhauben konnte sie nichts ablesen. Aber das Schweigen war beredt genug. Durch die Sehschlitze wurde sie angestarrt. Sie fröstelte. Jetzt wurde ihr auch bewußt, daß sie keine Schuhe an den Füßen hatte. Aber nicht daher rührten ihre kalten Füße, sondern weil ihr innerlich mulmig war.

„Habt ihr versucht, den Code zu knacken?“ fragte der Parka-Träger.

„Klar. Die ganze Zeit. Aber wir haben einfach nichts rausgekriegt. Deshalb ...“

Sie sprach nicht weiter, hob einen Fuß und rieb die Ferse am Schienbein. Das Gewebe der Strumpfhose knisterte.

„Ja“, sagte der Kerl. „Der Code ist Klasse. Aber ein Computer könnte hilfreich sein.“

Der andere trat zu ihr. Roh riß er ihr die Arme auf den Rükken.

„Was soll denn das?“ rief sie.

„Nicht zappeln, sonst tut’s weh!“ warnte er und band einen Strick um ihre Handgelenke.

Es dauerte nur Sekunden, dann war sie gefesselt.

„Steck ihr einen Knebel zwischen die Zähne“, sagte der Parka-Träger. „Sonst kreischt sie, und die Leute laufen zusammen.“

„Ich kreische nicht“, schrie Locke. „Was haben Sie mit mir vor?“

Der andere zog sein Taschentuch hervor.

„Das nehme ich nicht“, nuschelte sie mit zusammengebissenen Zähnen. „Pfui, Teufel! Nein! Wenn es unbedingt ein Knebel sein muß – dann holen Sie eins meiner Taschentücher. In meinem Zimmer liegen genug.“

„Tu ihr den Gefallen!“ Der Parka-Träger schien zu lachen.

Während der andere hinaus ging, erklärte er: „Nun können wir doch nicht auf dich verzichten. Wir brauchen dich als

Druckmittel. Wir werden nämlich deinen Vater im Pressehaus anrufen. Wenn er nicht augenblicklich unsere Unterlagen hergibt, mußt du's büßen. Was meinst du, wie er sich verhalten wird: Sind ihm die Unterlagen wichtiger, oder stehst du an erster Stelle?“

Locke starrte auf die Sturmhaube. Unter der Wolle hoben sich die Konturen des Gesichtes ab. Sie hatte keine Ahnung, welchen Ausdruck es zeigte. Aber seine Stimme klang ernst. Da war kein Spott. Die Frage war nicht ironisch gemeint. Er fragte tatsächlich. Er hielt es für möglich, daß sich ihr Vater für die Sensation, also für seinen Beruf, entschied – und damit gegen seine Tochter.

„Jetzt begreife ich“, sagte sie, „was ihr Terroristen für Menschen seid. Nämlich keine. Ihr seid absolut unmenschlich. Ihr opfert Menschen für eine blöde, nutzlose Idee. Ihr opfert sogar euch selbst und fühlt euch noch als Helden. In eurem Gehirn ist eine Ecke völlig leer. Da fehlen ein paar Milliarden grauer Zellen. Und ausgerechnet die wichtigsten. Ihr begreift gar nicht, was Menschlichkeit heißt, weil ihr Geisteskrüppel seid. Gehirn-Behinderte! Aber nicht im Sinne von Schwachsinn, sondern von Unmenschlichkeit.“

„Was quatscht sie?“

Der andere kam zurück – mit drei sauberen Taschentüchern in der Hand.

„Wenn ich sie richtig verstanden habe, wurde mir gerade erklärt, daß ihr Vater den Tausch selbstverständlich macht: sie gegen die Unterlagen. Na, wir werden sehen.“

Er hat immer noch Zweifel, dachte Locke. O Gott!

„Mund auf!“ gebot der andere.

Sie gehorchte. Er stopfte ihr zwei Taschentücher hinein.

Es war unangenehm. Aber sie hatte die Zunge nach hinten gerollt, so daß der Stoff nicht in die Kehle geriet, was Brechreiz verursacht hätte.

Kreischen, schreien, rufen konnte sie nun nicht. Was hätte das auch genützt?

Sie löschten das Licht. Locke wurde zur Terrassentür geführt.

Als sie hinaustraten, stand die Mondsichel über dem Garten. Aber der dicke Dunst verhinderte, daß der Himmelskörper die Szene erleuchtete.

In den Nachbarhäusern schlief man bereits. Kein Licht. Die Terroristen nahmen Locke in die Mitte, mieden die Laternen und gingen ein Stück die Straße hinunter. Vor einem unbebauten Grundstück parkte der Wagen. Er war nicht beleuchtet. Nur eine Eule hätte das Nummernschild lesen können.

Locke mußte in den Fond klettern. Den Knebel nahmen sie ihr ab – Gott sei Dank!

Es handelte sich um einen zweitürigen Wagen der unteren Mittelklasse. Im Innern roch es nach kaltem Zigarettenrauch.

*

Der Parka-Träger saß am Lenkrad, der andere neben ihm.

Als der Wagen anfuhr, drehte sich der Beifahrer um.

„Du legst dich hin!" gebot er. „Gesicht nach unten. Wenn du hochguckst, gebe ich dir eins drauf. Los!"

Sie gehorchte. Bäuchlings merkte sie, daß die Sitze nicht sehr sauber waren. Ihr war klar, weshalb sie abtauchen mußte.

Mit Sturmhauben maskiert, konnten die beiden nicht durch die Stadt fahren. Also nahmen sie jetzt ihre Gehirnwärmer ab. Dennoch sollte vermieden werden, daß sie die Gesichter sah.

Sie versuchte zurückzurutschen. Vielleicht gelang ihr ein Blick zwischen den Sitzlehnen hindurch.

„Liegenbleiben!" schnarrte der Trench-Träger.

„Sie haben gut reden! Wie soll ich das Gleichgewicht halten mit gefesselten Händen? Der Sitz ist zu schmal."

„Wehe, du hebst den Kopf."

Sie blieb unten. Keinen Blick konnte sie nach vorn werfen. Die Handgelenke schmerzten, und der rauhe Bezug der Sitzbank rieb an ihrem Gesicht.

Nach wenigen Minuten hielt der Wagen.

Ringsum war alles dunkel.

„Ich mache den Anruf“, sagte der Parka-Träger. Er wandte sich nach hinten. „Die Pressehaus-Nummer weiß ich. Welchen Apparat hat dein Vater?“

Sie nannte die Durchwahlnummer.

„Hast du Münzen?“ fragte der andere.

Offenbar nickte der Parka-Träger. Locke hörte, wie er ausstieg. Die Tür wurde zugeworfen.

Hoffentlich, dachte Locke, sind meine Leute noch da. Vielleicht haben sie schon aufgegeben und bringen das Material ins Präsidium. Dann wird's kompliziert.

Als hätte der Typ ihre Gedanken erraten, sagte er plötzlich: „Vielleicht ist dein Vater ein ganz Schlauer und hat Fotokopien von unseren Unterlagen gemacht. Dann ... Moment!“

Er stieß die Tür auf, sprang ins Freie und pfiff auf zwei Fingern.

„Was ist?“ hörte sie die Stimme des andern. Er war noch in der Nähe.

„Mir ist was eingefallen.“

Der Parka-Träger kam zurück. Gedämpft erklärte ihm sein Komplice, was er befürchtete.

„Hast recht. Das ist wichtig. Was machen wir? Ich weiß. Dieser Schmock *(Zeitungsschreiber)* muß begreifen, was ihm und seiner Mischpoke *(Familie)* blüht, wenn er uns reinlegt. Ich werde es ihm verdeutlichen. Keine Sorge!“

*

Es fehlte nicht mehr viel an Mitternacht. Gunter saß an seinem Schreibtisch, hatte einige Blätter der Terroristen-Unterlagen vor sich und versuchte, den Code zu entschlüsseln: auf herkömmliche Weise, also ohne technische Hilfe.

Mike befand sich drei Türen entfernt – in dem Kabuff, wo der Computer aufgestellt war. Gunter konnte ihm nicht helfen, weil er keine Ahnung hatte, nach welcher Methode mit der Schnelldenkermaschine gezaubert wurde. Mike hingegen war in seinem Element – wollte er doch beweisen, daß er auch das voll drauf hatte; und nicht nur den Libero in seiner Balltreter-Mannschaft, dem FC Eintracht.

Die morgige Zeitung wurde bereits gedruckt. Ein Abzug von Seite 1 des Lokalteils lag Gunter vor. Aufmacher *(Hauptartikel)* war Gunters Bericht über Sascha Krügler und die Entdeckung der verschlüsselten Unterlagen. Außerdem stand eine Fettdruck-Meldung auf der Titelseite. Der knappe Text hob die mutmaßlichen Attentate auf die sieben Minister hervor.

Um diese Zeit ging es im Pressehaus ruhig zu. Nur die Kollegen von der Nachtschicht arbeiteten – technische Redakteure, die den Andruck der Zeitung überwachten.

Gunter schreckte hoch.

Auf dem Flur draußen ertönte Triumphgeschrei.

Im nächsten Moment stürmte Mike herein, satte Zufriedenheit auf dem Gesicht.

„Ich hab's, ja, ich hab's! Was so ein Computer doch kann! Und wir mühen uns stundenlang ab wie die Steinzeitmenschen – als gäbe es die Technik nicht."

„Wirklich? Du hast den Code geknackt?"

„Der ist ja irre kompliziert. Aber die Schnelldenkermaschine hat alles überrechnet. Die ersten Worte habe ich klar und deutlich übersetzt. Weiter bin ich noch nicht. Dachte, ab jetzt willst du dabei sein."

Gunter nickte. „Und wie lauten die ersten Worte?"

„Sie lauten: Wir, der Geheimbund Totenkopf, haben beschlossen ... Beachte bitte! In den Worten ist fast das ganze Alphabet enthalten. Das heißt, wir sind am Ziel. Stark, was?"

Gunter stand auf. „Dann mal weiter im Text."

In diesem Moment schrillte das Telefon.

Gunter starrte den Apparat an. „Welcher Gemütsathlet will mir zu dieser Zeit auf die Nerven fallen?"

„Ich würde gar nicht abnehmen."

„Vielleicht ist es Locke“, sagte Gunter und meldete sich.

Es war nicht seine Tochter. Das merkte er bereits an dem rauhen Atem, den der Anrufer abließ.

„Gunter Rehm?“ fragte die Männerstimme.

„Ja.“

„Jetzt dreh vor allem nicht durch, Mann, sondern mach die Ohren auf, damit du alles voll checkst. Klar?“

„Ich habe Ihren Namen nicht verstanden.“

„Da ist auch nichts zu verstehen. Den behalte ich nämlich für mich. Also fangen wir mal an: Wir haben deine Tochter Nina. Eben haben wir sie entführt. Sie ist noch gesund und möchte gern wieder heim und ins Bettchen. Klar?“

Eine Hand schien sich um Gunters Herz zu legen. Eine zweite, zur Faust geballt, verstopfte ihm die Kehle.

Mike, der bereits an der Tür stand, sah zurück. Er merkte sofort, daß da keine Freudenbotschaft durch die Leitung kam. Sein Siegeslächeln erlosch.

Mit einer Geste bedeutete ihm Gunter, neben ihn zu kommen.

„Weshalb“, sagte er mühsam, „haben Sie meine Tochter entführt?“

„Aber, aber! Rehm, das kannst du dir doch denken! Du hast die codierten Unterlagen, die Sascha im Krüglerschen Garten aus der Tasche gefallen sind. Seitdem steht ihr alle unter Beobachtung. Keine Sekunde haben wir euch aus den Augen gelassen. Euch und die Dr. Conradi und so.“

„Verstehe“, sagte Gunter. Seine Stimme klang, als wären die Atmungsorgane bis in den Brustraum entzündet.

„Von deiner Tochter wissen wir, daß ihr den Code bis jetzt nicht geknackt habt. Oder?“

„Nein. Wir sind immer noch im dunkeln.“

„Trotz des Computers?“

„Mit dem wollten wir gerade anfangen.“

„Aber daraus wird nichts, Rehm, falls dir an deiner Tochter was liegt.“

„Ist mir klar. Ein Tauschhandel. Die Dokumente gegen meine Tochter."

„Es macht doch immer wieder Spaß, mit intelligenten Leuten zu verhandeln", spottete der Terrorist. „Sie begreifen so schnell. Ja, Rehm, exakt so ist es. Du packst jetzt alles schön zusammen und ... Ist der Motorrad-Typ dein Sohn?"

„Ja. Mein Sohn Michael."

„Zuverlässig?"

„Absolut."

„Ihr beide fahrt unverzüglich nach Hause. Dort schwingt sich dein Ableger auf die Maschine und donnert zur Löwenbrücke. Zur L-ö-w-e-n-b-r-ü-c-k-e! Aber nicht auf die Brücke, sondern runter zum Fluß, wo unter der Brücke der Fußweg verläuft. Klar?"

„Völlig klar."

„Einer von uns wird dort sein. Dein Sohn übergibt unsere Unterlagen, und um vier Uhr früh lassen wir deine Tochter frei. Wir setzen sie irgendwo im Stadtgebiet aus. Bei 'ner Telefonzelle, damit sie anrufen kann."

„Ich habe alles verstanden", sagte Gunter.

„So? Tatsächlich? Du durchtriebener Hund! Denkst wohl, du kannst uns für dumm verkaufen. Denkst, ich wüßte nicht, was du jetzt vorhast."

„Was meinen Sie? Ich habe keinen Trick vor."

„Doch. Du bist im Pressehaus. Du sitzt an der Quelle. Also willst du ganz rasch Fotokopien von unseren Originalen machen, damit die Bullen morgen in aller Ruhe entschlüsseln können."

„Nein. Das habe ich nicht vor."

„Was ich jetzt sage, Rehm, gilt für alle Zukunft. Steck's dir hinter den Spiegel. Ich weiß nicht, ob du bereits Fotokopien gemacht hast. Oder ob – was theoretisch möglich wäre – der Code schon geknackt ist. Falls ja – vernichte die Kopien! Wirf in den Reißwolf, was übersetzt ist. Vergiß, was du weißt. Und gib nichts, aber auch gar nichts an die Bullen weiter! Denn ..."

„Ihre Sorge ist überflüssig“, fiel ihm Gunter ins Wort. „Wir haben weder ...“

„Unterbrich mich nicht!“ schnitt ihm der andere das Wort ab. „Denn ab jetzt – merk dir das! – ist euer Schicksal untrennbar mit unserem verknüpft. Mit euch meine ich: dich, deine Tochter, deinen Sohn, diesen Tom und die Frau Conradi. Ihr fünf garantiert mit eurem Leben, daß nichts aus unseren Unterlagen an die Bullen gelangt: weder als Fotokopie noch als bereits entschlüsselte Info. Verstanden? In der Praxis sieht das so aus: Sollten die Bullen Punkte gegen uns machen, einen aus unserer Mitte festnehmen oder unsere Pläne durchkreuzen – dann, Rehm, wissen wir: Du steckst dahinter. Du hast was weitergegeben. Und dann, Rehm, bringen wir euch um. Selbst wenn nur einer von uns übrigbleibt – er würde die anderen rächen. Das heißt, deine Leute werden ausgelöscht. Du selbst kämst als letzter dran.“

Gunter wischte sich über die Stirn.

Mike, der neben ihm stand und mithörte, war totenbleich.

„Das wäre Wahnsinn“, sagte Gunter. „Überlegen Sie doch! Ihr Gedanke stimmt hinten und vorn nicht. Ich garantiere, daß ich mich genau an Ihre Vorschriften halte. Aber es liegt doch völlig im Bereich der Möglichkeit, daß Polizei oder Verfassungsschutz (*Bundesamt für V.*) einem von euch auf die Schliche kommt. Daß einer Ihrer ... eh ... Gesinnungsbrüder festgenommen wird. Es wäre hirnrissig, dann mir und meinen Leuten die Schuld zu geben. So einfach können Sie es sich nicht machen! In jeder Fahndung können Sie und Ihresgleichen hängen bleiben, ohne daß wir auch nur die kleinste Information dazu beigetragen hätten.“

„Falsch, Rehm! Völlig falsch. Du vergißt, wie perfekt wir uns getarnt haben. Nur Sascha ist den Bullen bekannt. Wir andern – dein Nachbar könnte zu uns gehören; und du ahnst nichts davon. Deshalb ist die Schose ganz klar: Wenn sich die Bullen auf unsere Fährte setzen und uns zu nahe kommen, verdanken wir das dir. Dann geht es euch an den Kragen.“

Das wäre
Wahnsinn!

„Aber ..." Weiter kam Gunter nicht.

„Jetzt Schluß mit dem Gesabbel!" fuhr der Terrorist ihn an. „Macht euch auf die Socken. Um spätestens 0.45 Uhr tanzt dein Ableger unter der Löwenbrücke an. Mit unseren Dokumenten. Ende!"

Es klickte in der Leitung. Er hatte aufgelegt.

Für einen Moment schloß Gunter die Augen.

„Wahnsinnige!" sagte Mike durch die Zähne. „Die reinsten Gehirn-Chaoten! Da kann uns ja was blühen."

„Ich hoffe, er blufft nur und meint nicht, was er sagt." Gunter sah zur Uhr. „Hol das Zeug! Wir rauschen ab."

Wenig später parkte er den Wagen zu Hause vor der Garage.

Sie liefen ins Haus und fanden bestätigt, was der Terrorist gesagt hatte.

Mike jagte in sein Zimmer hinauf und holte die lederne Umhängetasche, die fast so groß wie eine Kollegmappe war. Das Kuvert fand darin Platz.

Daß sie die Polizei nicht verständigten, war klar. Gunter unterdrückte auch die Regung, Mike mit dem Wagen zu folgen. Nein, sie mußten sich fügen, durften nichts unternehmen, was diese unberechnenbaren Typen aufbrachte. Daß Locke unversehrt zurückkehrte, hatte Vorrang vor allem.

„Rufst du Helga an?" fragte Mike.

„Ich möchte ihr und Tom die Aufregung gern ersparen. Aber das würden sie mir nie verzeihen."

Als Mike auf sein Motorrad stieg, war es 0.31 Uhr.

10. Räuber an der Löwenbrücke

Zur selben Zeit, genau 31 Minuten nach Mitternacht, war in Brasshausen total tote Hose.

Die kleine Gemeinde – die sich darum bemühte, Anerkennung zu finden als heilklimatischer Kurort – liegt 102 Kilometer von der Großstadt entfernt: gerechnet von Stadtgrenze zu Ortsgrenze.

Umgeben ist Brasshausen von grünen Wäldern, eingehüllt von leidlich sauberer Luft.

Aber nicht deswegen war Jutta Finke hier.

Für die Studentin war eine Welt zusammengestürzt.

Zufällig hatte die 24jährige angehört, worüber sich ihr Freund Norbert Krussmann mit seinem Telefonpartner unterhielt. Unzweifelhaft ging daraus hervor, daß Norbert zu den Terroristen gehörte – was er dann auch zugab.

Jutta – eine zarte Blondine mit erschreckt-großen Augen – war geflohen. Sie hatte die Nerven verloren, weil sie nicht mehr ein noch aus wußte.

Ein Konflikt! Durfte sie Norbert, der ihr alles bedeutete, der Polizei ausliefern?

Sie verneinte das.

Andererseits verabscheute sie Terrorismus und Gewalt.

Seit sie nun hier war, grübelte sie.

Jetzt, in der ersten Morgenstunde, schrieb sie den Brief. Sie wollte nicht damit warten. Es war ihr zu wichtig.

Die Nachttischlampe brannte. Es war die einzige brauchbare Lichtquelle in dem kleinen Pensionszimmer.

„Norbert, Liebling!“ – schrieb sie – „Du bist sicherlich beunruhigt, weil ich mich vor Dir verstecke. Aber ich mußte erst mit mir ins reine kommen. Du hast zugegeben, daß du zu den Terroristen gehörst – zum Geheimbund Totenkopf, wie ihr euch nennt. Du hast Verbrechen verübt, Dich an Gewalttaten gegen unser Land und Mitbürger beteiligt. Mir ist das unfaßlich.

Du weißt: Ich komme aus einer Familie, wo Recht und Un-

recht keine leeren Begriffe sind. Vater ist Amtsrichter. Ich studiere Jura im sechsten Semester – und trotzdem, Norbert: Du bedeutest mir soviel, daß ich Dich der sogenannten Gerechtigkeit nicht ausliefern kann. Aber ich bin noch nicht soweit, Dir unbefangen ins Gesicht zu sehen. Noch brauche ich Zeit.

Am Wochenende komme ich zurück. Du wirst mir versprechen, Dich vom Terrorismus und Deinen Komplicen loszusagen. Ich werde vergessen, was ich weiß. Gemeinsam finden wir dann einen Weg, wieder miteinander zu leben ..."

Sie fröstelte, als sie den Brief beendet hatte und zuklebte. Um Mitternacht hatte sich die Heizung ihres Zimmers abgeschaltet. Draußen war es kühl und diesig. Hinzu kam, daß sie innerlich fror. Zu tief saß die Enttäuschung über ihren Freund.

Sie frankierte den Brief, schob ihn in ihre Umhängetasche und verließ die Pension.

Kein Briefkasten war in der Nähe.

Außerdem war sie zu aufgewühlt, als daß sie Schlaf gefunden hätte. Der Spaziergang zu dem kleinen Postamt würde ihr guttun, meinte sie.

Drei Minuten später ereilte sie das Schicksal.

Ein betrunkener Autofahrer raste durch die neblige Nacht.

Dieter Ott kam aus einem Gasthaus der Nachbargemeinde. Er hatte einen anstrengenden Tag hinter sich, eine Menge Frust in sich reingefressen und beruflichen Ärger nicht abgebaut.

Um wenigstens spätabends sein Gleichgewicht wieder zu erlangen, goß er Schnaps und Bier in sich rein.

Er trat aufs Gas. Er raste. Weil er die Fahrbahn nur verschwommen sah, kniff er ein Auge zu.

Jutta wurde erfaßt, als sie die Brücke betreten wollte.

Unten gurgelte die Zuffe, ein knietiefes Flüßchen.

Die Wucht des Anpralls fegte Juttas Umhängetasche von der Schulter.

Die Tasche flog über das Geländer und fiel auf die Böschung des Ufers.

Schwerverletzt lag Jutta auf der Straße.

Dieter Ott raste weiter.

Er wußte, was er getan hatte. Der Alkoholnebel hob sich von seinem Gehirn.

Weg! dachte er. Nichts wie weg! Um Himmels willen!

Um Himmels willen! dachte auch die Frau, die eben ihr Fenster geöffnet hatte, um das Schlafzimmer zu lüften.

Sie sah noch, wie der Wagen um die Ecke bog: ein rotes Fahrzeug.

Außerdem sah sie Juttas verkrümmte Gestalt.

Herta Lahnkamp sprang zum Telefon, verständigte den Notarzt, schlüpfte in die Schuhe und verließ eiligst das Haus.

Als sie sich über Jutta beugte, war da überall Blut.

Sie fühlte nach dem Puls. Das Mädchen lebte noch.

Herta Lahnkamp hatte lange ehrenamtlich beim Roten Kreuz gearbeitet und verstand sich auf Unfallhilfe. Sofort nahm sie sich der Verunglückten an.

*

An der Auffahrt zur Löwenbrücke ließ Mike seine Maschine im Schrittempo rollen.

Weniger als sechs Minuten hatte er gebraucht. Die Straßen waren leer. Man konnte aufdrehen, ohne sich oder die Umwelt zu gefährden.

Im weiten Bogen spannte sich die Brücke über den Fluß. Aber nur auf der hiesigen Uferseite verlief unten ein Weg.

Tagsüber hechelten dort Jogger mit den Hunden von Spaziergängern um die Wette. Nach Einbruch der Dunkelheit herrschte Einsamkeit, denn von der Brücke oder der Straße aus ließ sich der Uferweg nicht einsehen.

Ein schmaler Grünstreifen aus Büschen und Bäumen schirmte ihn ab. Nachts war das die totale Sichtblende. Unten am Ufer konnte sonstwas passieren – niemand hier oben würde was merken.

Mike schob seine Maschine bis dicht an die Treppe, die hinunterführt.

Die Tasche hing ihm von der Schulter. Den Helm nahm er unter den Arm.

Die Straße, die parallel zum Fluß verläuft, ist vierspurig und wegen des Mittelstreifens ungewöhnlich breit. Eine weite Strecke also bis zu den Patrizierhäusern auf der anderen Seite.

Von dort, das wußte Mike, hatte er keine Hilfe zu erwarten.

Brauchte er die?

Wohl kaum. Hielt er sich doch an die Weisungen – und brachte die Dokumente. Weshalb sollten diese Gewaltplaner ihr Mütchen an ihm kühlen?

Er stieg die Treppe hinunter.

Die Helligkeit der Lichtpeitschen blieb hinter ihm zurück.

Ihm war, als stürze er sich kopfüber in einen dunklen Schacht. Feucht-kalte Luft wehte ihm entgegen. Unter den Brücken, wo die Penner pennten, war es nicht sehr gemütlich – jedenfalls nicht, wenn die Nächte noch kühl sind.

17, 18 ... 22 Stufen führten hinunter.

Jetzt war er unten. Der Weg war betoniert. Er hörte, wie der Fluß gluckste. Stromab spiegelten sich Lichter auf der schwarzen Wasserfläche.

Er blieb stehen. Nach einer Weile gewöhnten sich seine Augen an die Dunkelheit.

Er sah die mächtigen Betonfundamente. Auch ein Pfeiler, mitten im Wasser errichtet, trug die Brücke.

Mike wandte sich nach links. Unter der Brücke war es finster wie in einer Hosentasche. Aber auf der anderen Seite reflektierte der Nachtdunst das Licht der Laternen.

Vor diesem mattgrauen Hintergrund sah Mike die Gestalt.

Nur drei oder vier Schritte war der Typ entfernt.

Daß er den Arm ausstreckte, geschah nicht von ungefähr.

„Ich habe eine Pistole in der Hand", sagte eine blecherne Stimme. „Siehst du das?"

„Nein. Aber ich glaub's Ihnen." Mike quälte sich ein Lächeln ab. „Oder soll ich den Ballermann mal befühlen?"

„Willst du dir eine Kugel einfangen? Kann ganz schnell passieren."

„Nicht doch! Ich hänge am Leben."

Mike nahm die Schultertasche ab.

„Keine Bewegung!" zischte der Kerl ihn an.

Eine Taschenlampe flammte auf.

Geblendet schloß Mike die Augen.

„Ja, ich bin's", meinte er. „Michael Rehm. Sie glauben doch nicht im Ernst, daß ich Schwierigkeiten mache. Ich will nur das Zeug rausnehmen. In der Tasche ist es."

„Häh?" grunzte der andere. „Wovon redest du?"

Mikes Bewegung erstarrte. Statt dessen breitete sich eine Gänsehaut über seinen Rücken.

„Moment mal!" sagte er. „Wir sind doch verabredet. Nicht wahr?"

„Wenn du's so nennen willst?" Der Typ lachte. „Wirf die Tasche her. Nimm deine Uhr ab und leg sie auf den Boden. Den Helm kannst du behalten. Ich fahre nur Taxi."

„Nein!" stöhnte Mike. „Das geht nicht. Unmöglich! Blasen Sie den Überfall ab, Mann! Das heißt, meine Uhr können Sie haben. Meine Brieftasche auch. Aber nicht die Tasche! Was in der ist, rettet meiner Schwester das Leben."

„Häh?" Die Taschenlampe wackelte. „Ist sie krank? Ah, verstehe. Deine Schwester ist süchtig, und du hast Stoff in der Tasche. Auch nicht schlecht! Kann ich gebrauchen. Also, her damit. Sonst lege ich dich um."

Mike spürte, wie ihm kalter Schweiß auf die Stirn trat.

„Mann, Räuberhauptmann! Verstehen Sie doch! Hier sind nur Dokumente drin. Kein Rauschgift. Die Dokumente sind für jemanden bestimmt, der ... Für Sie sind die Dinger völlig nutzlos. Wollen Sie sich überzeugen?“

Ein metallisches Klicken ertönte.

Er spannt seine Waffe, dachte Mike – und spürte, wie er in Panik geriet. Diese Wahnsinns-Situation! Wenn ihm der Wegelagerer die Dokumente abnahm, war Lockes Schicksal besiegelt.

Ich muß ihn überwältigen, dachte er.

„Ich zähle bis drei“, befahl der Typ, „dann liegen Tasche, Uhr und Portemonnaie auf dem Boden. Genau vor deinen Füßen. Willste nicht? Auch gut. Bei drei zerschieße ich dir die Kniescheibe. Also, ich zähle. Eins ... zwei ...“

Was sich hinter der Taschenlampe tat, konnte Mike nicht erkennen.

Plötzlich ein seltsames Geräusch. Es klang, als sause ein Knüppel nieder auf eine Kokosnuß oder einen Fußball oder einen Mehlsack.

Die Taschenlampe wirbelte durch die Luft, prallte auf den Boden und zersplitterte.

Das Splittern wurde begleitet von einem dumpfen Fall.

„Michael Rehm?“ fragte eine heisere Männerstimme.

Mike erkannte sie sofort.

Diesmal war's der richtige, nämlich der Terrorist, der angerufen hatte.

„Ja. Hier. Himmel, was ist mit dem Banditen?“

„Er liegt auf der Nase. Wenn ich weg bin, kannst du Wiederbelebungsversuche mit ihm machen. Vielleicht hat er einen Schädelbruch. Weiß nicht genau, wo ich ihn getroffen habe.“

„Der wollte ...“

„Hab's gehört. Seit 'ner halben Minute stehe ich hinter ihm.“

Mike seufzte und nahm das Kuvert aus der Tasche.

Wieder wurde eine Taschenlampe angeknipst.
Mike reichte das Kuvert in die Helligkeit.
Es wurde ihm abgenommen.
Der Terrorist trat einen Schritt zurück. Die Lampe erlosch.
„Etwas wäre noch zu klären“, sagte Mike.
„Was?“

„Es betrifft die Fotos. Was die schwarzen Kreuze bedeuten, ist ziemlich klar. Da muß man nicht lange rätseln. Mein Vater hat das schon heute nachmittag verwertet, nämlich einen entsprechenden Text für die morgige Ausgabe ins Blatt gegeben. Über das, was im Hause von Dr. Krügler geschehen ist, und über die verschlüsselten Blätter. Und natürlich auch über die sieben Minister. Die Meldung ließ sich nicht mehr stoppen. Wir nehmen an, Ihnen und Ihrer Organisation tut das nicht weh."

Der Terrorist lachte. „Nicht im mindesten. Im Gegenteil. Wir lieben Publicity *(öffentliches Bekanntsein)*. Daß wir die sieben Bonzen im Visier haben, liegt auf der Hand. Na schön, na schön! Was das betrifft, können wir unsere Pläne leicht ändern. Wen es erwischt von diesem bestechlichen Pack, ist egal. Da ist einer wie der andere. Von jeder Richtung, aus jeder Partei. So, und jetzt rührst du dich nicht von der Stelle."

„Sie lassen meine Schwester nachher frei?"

„Erst muß sich erweisen, daß kein Bulle in der Nähe ist."

„Wir haben uns 100prozentig an Ihre Weisungen gehalten. Niemand wurde verständigt."

Stimmt nicht ganz, dachte Mike im selben Moment. Helga und Tom sind bestimmt schon im Anmarsch.

Der Terrorist lachte auf.

Es klang freudlos, aber trotzdem amüsiert.

„Seine Pistole", murmelte er. „Die muß hier irgendwo liegen. Beinahe hätte ich die vergessen."

Mike hörte, wie er mit dem Fuß über den Boden scharrte.

Zunächst traf er den Bewußtlosen, was dumpf klang.

Dann stieß er gegen die Waffe. Sie schepperte stählern, und offenbar bückte sich der Kerl.

„Scheint eine Walther zu sein", murmelte er. „Kannst ihm sagen, daß sie in guten Händen ist."

„Mache ich. Bestimmt freut er sich."

„Und um es nochmal zu unterstreichen: Wenn uns ein Bulle zu nahe kommt, wissen wir, daß ihr uns gelinkt habt. Dann erfolgt keine Warnung, sondern deine Schwester und die Dr. Conradi springen über die Klinge. Die beiden als erste. Kapiert?"

„Ich kann nur wiederholen, was mein Vater sagte: Es ist heller Wahnsinn! Wenn man euch kascht, stecken nicht wir dahinter."

„Den Seich habe ich schon gehört."

Die sind unbelehrbar, dachte Mike, verbohrt, vernagelt, geisteskrank. Malen sich was aus und sehen dann die Welt so. Die können nicht mehr unterscheiden zwischen dem, was ist, und dem, was sie sich zusammenspinnen.

Er hatte die Erwiderung auf der Zunge.

Doch vor ihm in der Dunkelheit rührte sich nichts. Stille.

Er beugte sich zur Seite, um wieder den mattgrauen Hintergrund des Lichtpeitschen-Widerscheins zum Vergewissern zu benutzen.

Verblüfft stellte er fest, daß der Terrorist verschwunden war.

Offenbar schlich der wie auf Katzenpfoten.

Der Räuber lag bäuchlings. Jetzt regte er sich.

Mike fand Streichhölzer in der Tasche. Auch als Nichtraucher trug er die bei sich. Leider waren einige seiner Freundinnen dem Glimmstengel verfallen und erwarteten, daß er ihnen Feuer gab, wenn sie den Sargnagel zückten.

Der Räuber war in mittlerem Alter, schon ziemlich kahl, trug dunkle Klamotten und hatte ein Gesicht, das an eine englische Bulldogge erinnerte.

Geräuschvoll wie die schnaufte er jetzt durch die Nase.

Der Knüppel oder Totschläger des Terroristen hatte ihn im Genick getroffen. Dort schwoll die Haut an, aus einer Platzwunde unterm Haar traten Blutstropfen hervor. Dabei konnte er noch von Glück sagen. Denn ein dicker Wollschal, den er dreifach geschlungen um den Hals trug, hatte den Hieb gedämpft.

Mühsam drehte er den Kopf zur Seite.

Aus glasigen Augen starrte er auf das Streichholz, das Mike mit der Hand abschirmte.

„Mann!“ murmelte der Kerl. „Wie hast du das gemacht? Dachte, du bist vor mir. Aber schon warst du hinter mir, und ganz plötzlich ...“

„Da siehst du mal, wie flink ich bin. Ich gehöre nämlich zu den ganz gefährlichen Typen. Deshalb stehst du jetzt auf und tippelst vor mir her zum nächsten Polizeirevier. Verstanden!

Und versuch nicht zu fliehen, sonst kriegst du noch eine."

„Fliehen? Ich weiß nicht mal, ob ich die Treppe schaffe."

Er schaffte sie.

Mike trieb ihn bis zur nächsten Telefonzelle, hatte sich nämlich anders entschlossen.

Wozu Zeit vergeuden? Während sich der Kerl an die Zelle lehnte, rief Mike bei der Polizei an. Ein Notruf.

Minuten später bog der Streifenwagen um die Ecke.

11. Wie auf einem Pulverfaß

Tom träumte von Terroristen. Aber es war nicht sonderlich aufregend.

Um so mehr erschrak er, als Helga ihn an der Schulter rüttelte.

Im allgemeinen geht sie beim Wecken pfleglich mit ihm um: mütterlich-sanft. Davon war jetzt keine Spur.

„Wach auf! Gunter hat eben angerufen. Die Terroristen haben Locke entführt."

Tom stand schon neben seinem Bett.

Nicki hockte auf der Türschwelle, beäugte die beiden und gähnte.

„Was?"

„Sie wollen damit die Herausgabe der verschlüsselten Texte erpressen." Helga erzählte.

Sie trug einen nilgrünen Schlafanzug, dessen Schnitt keine Eleganz vermissen ließ.

Der zweite Teil des Berichtes erfolgte auf Entfernung, denn Helga war wieder in ihrem Schlafzimmer, wo sie sich eiligst ankleidete. Sie sprach so laut, daß Tom über den Flur alles hörte.

Er zog Unterwäsche, Jeans und Pullover fast gleichzeitig an, sprang in die Wintertramps und griff nach der Jacke.

„Nehmen wir unser Vieh mit?"

„Kann nicht schaden." Helga trat zur Frisiertoilette, um etwas Lippenstift aufzulegen und mal kurz über die Wimpern zu bürsten.

„Diese Verbrecher!" grollte Tom. „Wenn sie wenigstens Mike entführt hätten. Oder Gunter. Sich an meiner zarten Freundin zu vergreifen, ist einfach unfair."

„Hm. Technisch ließ es sich wohl anders nicht machen", meinte Helga.

„Wenn sie ihr ein Haar krümmen, bringe ich sie um. Alle!"

„Ich hoffe doch, die werden Wort halten, und Locke ist um vier Uhr zurück."

„Also haben sie uns die ganze Zeit beschattet."

„Das behauptet der Terrorist, sagt Gunter. Und es muß wohl stimmen. Eine halbe Stunde später – und Mike hätte mit dem Computer alles entschlüsselt."

Tom leinte Nicki an, der sofort ein paar Pirouetten *(Standwirbel)* drehte. Wenn er mit durfte, freute er sich immer.

Sie verließen das Haus. Helga holte ihren BMW aus der Garage. Nicki sprang auf den Rücksitz, wo – eigens für ihn – eine Wolldecke ausgebreitet war: zum Schonen der Polster.

„Hm!" meinte Tom. „Vielleicht ist es besser, wenn ich meinen Roller nehme. Bin dann unabhängiger – und nicht auf dich als Chauffeuse angewiesen."

„Steig ein!" gebot sie streng. „Ich weiß doch, was du vorhast. Willst zur Löwenbrücke. Aber damit erreichst du nichts, könntest die Lage nur verschlechtern."

Tom glitt auf den Beifahrersitz.

Stimmt! dachte er. Solange die Saukerle Locke haben, müssen wir stillhalten wie beim Zahnarzt.

Sie fuhren durch die diesige Frühlingsnacht.

Nicki legte den Schädel ins Heckfenster und beobachtete die Umgebung. Viel gab es nicht zu sehen. Die Großstadt hielt den Atem an – jedenfalls in den Bezirken, durch die der Weg führte.

Gunter hatte die Laterne über der Eingangstür eingeschaltet. Er hörte Helgas Wagen und öffnete.

„Eben habe ich mit Kommissar Menke telefoniert", sagte er. „Fritz war ganz schön sauer, als ich ihn aus dem Bett holte. Wegen Locke mischt sich die Polizei nicht ein. Das mußte er mir versprechen."

„Hat er dich zusammengestaucht?" fragte Helga. „Ich meine: Wegen des zurückgehaltenen Materials."

„Keineswegs. Habe eine Notlüge gebraucht. Erst vor einer halben Stunde sind wir auf die Unterlagen gestoßen. Und zwar, als du, Tom, plötzlich feststellen mußtest, daß dein Schlüsselbund fehlt. Hattest gleich die richtige Idee, bist zur Krügler-Villa gebrettert und dort über das Kuvert gestolpert."

„Verstehe“, sagte Tom. „Und was ist mit meinen Schlüsseln? Habe ich die gefunden – oder liegen sie noch irgendwo rum?“

„Davon habe ich nichts gesagt. Ich vermute, du hast sie.“

„Du scheinst davon auszugehen“, mischte Helga sich ein, „daß die Terroristen nie gefaßt werden. Spätestens dann wird nämlich deine kurzbeinige Lüge aufs Kreuz gelegt. Und Fritz Menke erfährt, daß die codierten Texte nicht nur ein oder zwei Stunden in deinem Besitz waren. Außerdem hätte auch Sascha Krügler den Verlust jetzt erst bemerkt und dann gerade noch mitgekriegt, daß Tom ihm zuvorkommt.“

Gunter hob die Achseln. „Wenn die Typen erwischt werden, ist der Jubel groß. Unter den Umständen verzeiht mir Fritz meine journalistische Eigenmächtigkeit.“

Er half Helga aus dem Mantel und hängte ihn an die Garderobe.

Tom sah auf die Uhr. „Gleich eins. Wenn alles glatt geht, müßte Mike bald zurück sein.“

Vor der Terrassentür hatte Gunter die Jalousie herabgelassen, was sonst selten geschah.

Nur fadenförmig drang jetzt die Nachtluft herein. Auf dem Spannteppich lagen kleine Splitter.

Tom hielt Nicki zurück, der dort schnuppern wollte, nachdem er sich sein Maß an Ohrenkraulen bei Gunter geholt hatte.

„Wenn er reintappt“, sagte Tom, „verletzt er sich an den Pfoten. Sollen die Splitter liegen bleiben?“

„Weshalb?“ fragte Gunter.

„Ich nehme doch an, daß die Polizei den Tatort fotografiert.“

„Fritz Menke wollte jemanden herschicken. Ich habe das abgewimmelt. Verwertbare Spuren sind sowieso nicht da. Und Fingerabdrücke schon gar nicht. Also, was soll's.“

Tom holte Handfeger und Kehrblech aus der Besenkammer. Sorgfältig beseitigte er die Splitter.

Nicki sah ihm zu und wedelte.

Während sie warteten, wiederholte Gunter Einzelheiten seines Telefongesprächs mit dem Terroristen.

Helga merkte ihm an, wie bedrückt er war.

„Rückblickend", sagte Gunter, „war es ein Fehler, sich auf diese Geheimschrift-Arie zu stürzen. Hätten wir das Zeug gleich im Präsidium abgeliefert, könnten uns die Terroristen für nichts verantwortlich machen. Jetzt aber schieben sie uns den schwarzen Peter zu. Wenn bei ihnen was schiefläuft, sind wir schuld. Weil wir *doch* entschlüsselte Infos weitergegeben oder *doch* Fotokopien für die Polizei hergestellt haben. Diese Verbrecher haben jetzt ihr Feindbild, nämlich uns. Damit sitzen wir auf dem Pulverfaß. Tut mir wahnsinnig leid, daß ich euch und meine beiden da reingezogen habe."

„So einen Unsinn hast du lange nicht erzählt", sagte Helga, beugte sich zu ihm und küßte ihn auf die Wange. „Kein Wort mehr davon."

„Außerdem", stellte Tom fest, „war es zuallererst meine Idee, daß du das, was Sascha verloren hat, auswertest. Deshalb habe ich ja den Mund gehalten, als der Kommissar kam."

„Vorsichtshalber soll Mike dem Terroristen jetzt beibringen", sagte Gunter, „daß die Sache mit den sieben Minister-Fotos morgen im Blatt ist."

„Meinst du, daß die Geheimbündler sauer reagieren?" fragte Helga.

„Nein. Terroristen sind scharf auf Publicity, sofern sie ihnen nicht schadet. Letztendlich wollen sie nichts anderes. Die Minister werden ohnehin bewacht. Daß sie jetzt gewarnt sind, verändert die Situation nicht wesentlich. Der Attentäter ist sowieso immer im Vorteil, weil er Ort und Zeit seiner Tat bestimmt. Und ein Minister kann sich nicht in Schutzhaft begeben – oder in seinem Ministerium verkriechen."

Tom bog seine Finger, deren Gelenke vom Karate-Training immer knorriger wurden. An beiden Handkanten hatten sich Hornhautleisten gebildet. Auch die Faustknöchel waren mit Platten bewehrt aus derselben Schutzschicht.

Gut, daß ich kein Klavierspieler bin, dachte er. Sonst müßte ich mich entscheiden für das eine oder andere.

Ihm fiel ein, daß er seine Gitarre lange nicht angerührt hatte. Inzwischen war sie sicherlich verstimmt.

„Geheimbund Totenkopf", sagte Gunter, „einen tollen Namen haben die sich gegeben. Über Sascha Krügler weiß die Polizei fast alles – über seine Komplicen nahezu nichts. Es gab da zwar einen Verdächtigen. Aber Überprüfung und Beobachtung haben den Verdacht nicht bestätigt. Man mutmaßt, daß fünf oder sechs Typen zu der Bande gehören. Bei dem Bombenanschlag im vorigen Jahr auf das Amerika-Haus haben Zeugen fünf Maskierte gezählt. Einer von ihnen war Sascha Krügler. Er wurde erkannt, weil er im Fluchtwagen zu früh die Maske abnahm. Mindestens vier sind also unbekannt. Phantome, die uns bedrohen. Natürlich wird der eine oder andere irgendwann im Schleppnetz der Polizei hängenbleiben. Dafür spricht die Wahrscheinlichkeit. Aber leider verheißt sie auch, daß es eben nur der eine oder andere sein wird. Würde man alle auf einmal erwischen, brauchten wir nichts zu befürchten. Tatsächlich werden aber genügend Geheimbündler übrigbleiben, um das Versprechen einzulösen, das dieser Spinner mir heute gab. Himmel, wie sollen wir uns dagegen schützen?"

Ja, dachte Tom. Das ist der Knackpunkt. Diesen Verrückten ist zuzutrauen, daß sie nicht nur schwafeln. Was bedeutet denen ein Menschenleben? Um glaubwürdig zu bleiben, werden sie ihre Drohung in die Tat umsetzen. Dann stehen Locke und Helga als erste auf der Mordliste. Verdammt!

„Also ehrlich", murmelte er, „diese Drohung – das ist doch wie eine glimmende Lunte am Pulverfaß. Auf Dauer können wir damit nicht leben."

12. Wieder frei

Locke fror. Ihre Arme, immer noch auf den Rücken gefesselt, schmerzten.

Sie wußte nicht, wie lange sie auf dem Rücksitz des Wagens lag. Wie eine Ewigkeit erschien es ihr.

Nach dem Telefonat mit Gunter, das der Parka-Typ geführt hatte, unterhielten sich die beiden außerhalb des Wagens. Sie verstand kein Wort. Dann fuhren sie weiter – offenbar bis nahe an den Fluß. Dort stieg der andere, der Trench-Träger, aus. Er murmelte was. Das Wort ‚Löwenbrücke' fiel, und der Typ sockte ab.

Der Parka-Träger blieb hinterm Lenkrad.

Locke hörte, wie er sich eine Zigarette anzündete.

„Jetzt weiß ich", sagte sie, „wer Sie sind."

„Was?"

„Sie sind Sascha Krügler."

Er antwortete nicht. Beim nächsten Zug aus der Zigarette verschluckte er sich und begann zu husten.

„Wie kommst du darauf?" keuchte er schließlich.

„Stimmt doch? Oder? An Ihren Jeans habe ich Sie erkannt – und an den Basketballschuhen. Dieselben Klamotten hatten Sie heute – nein, gestern nachmittag – an, als Sie durch den Garten getürmt sind."

„Warst du in der Nähe?"

„Beim Nachbarn hinter der Gardine."

„Bei welchem Nachbarn?"

„Dort gibt's doch nur zwei. Auf jeder Seite einer. Nicht wahr?"

„Also gut", meinte er nach einer Weile, „ich bin Sascha Krügler. Aber das nützt dir wenig. Kannst nur hoffen, daß dein Bruder das Material bringt. Sonst steht es schlecht um dich."

„Würden Sie mir tatsächlich was antun?"

„Dachtest du, wir sind im Kasperl-Theater? Für uns steht alles auf dem Spiel. Da gibt's keine Rücksicht."

Sie schwieg. Sie spürte, daß es keine leere Drohung war. Schließlich nahm sie allen Mut zusammen.

„Bilden Sie sich bloß nicht ein", erklärte sie, „daß mich dieses Gerede beeindruckt. Ihr Terroristen bewegt euch doch am Rande des Schwachsinns. Was wollt ihr denn? Und falls ihr was wollt – sind Gewalt und Attentate auf Menschen und Sachen etwa Mittel, um politische Programme durchzusetzen? Niemals!"

„Halt den Mund! Du bist viel zu jung, um das zu begreifen."

„Die Tattergreise begreifen euch noch viel weniger. Niemand begreift euch. Ihr seid Abschaum."

„Noch ein Wort – und ich ziehe meine Strümpfe aus und knebele dich damit."

Sie wollte lachen, aber dann merkte sie, wie giftig er war.

Damit endete das Gespräch.

Viel Zeit verging. Er rauchte ununterbrochen.

Wenn Locke den Kopf hob, sah sie Laternenlicht. Mehr war nicht zu erkennen.

Plötzlich wurde die Tür geöffnet. Der Trench-Träger stieg ein.

„Alles in Ordnung", verkündete er. „Hier! Michael Rehm hat unser Zeug gebracht. Habe schon nachgesehen. Es ist vollständig. Aber beinahe", er feixte, „hätte ihn 'n Krimineller beraubt. Ich kam gerade rechtzeitig, um dem eins zu verpassen."

„Das sind die unvorhergesehenen Zwischenfälle", murmelte Sascha. „Verfolgt hat dich niemand?"

„Nee. Die halten sich an unsere Weisung. Bin im Zick-Zack losgeheizt – erst in die andere Richtung, dann im Bogen hierher zurück. Ist niemand da, der sich für mich interessiert."

„Lassen Sie mich jetzt frei?" erkundigte sich Locke.

„Das möchtest du wohl gern", meinte der Trench-Träger.

„Sie haben es versprochen."

„Dann halten wir das auch."

Sascha hatte den Motor schon gestartet.

Nach etwa zehnminütiger Fahrt hielt der Wagen in stockfinsterer Gegend.

Motor und Scheinwerfer würden ausgeschaltet.

Locke spürte, wie sich einer der beiden nach hinten beugte und ihre Handfessel aufknotete.

Sie durfte sich aufrichten. Ihre Hände fühlten sich taub an. Die Schultergelenke schmerzten.

Trotz der Dunkelheit im Wagen bemerkte sie, daß die beiden ihre Sturmhauben trugen.

Sie befanden sich in einer Gasse, die von Fabrikmauern und unbeleuchteten Rückfronten gesäumt wurde. Weit entfernt brannte eine Lichtpeitsche. Keine Menschenseele war zu sehen.

„Wir sind hier zwischen Güterbahnhof und Industrieviertel“, sagte der Trench-Träger. „Du läufst zurück bis zur Ecke. In der nächsten Straße ist eine Tankstelle. Sie hat geöffnet. Eure Telefonnummer wirst du ja wissen.“

„Und richte deinem Vater aus“, sagte Sascha, „daß es uns ernst ist mit dem, was ich ihm klargemacht habe: Wenn es einen von uns erwischt, seid ihr dran. So, und jetzt raus!“

Sie hatten das Innenlicht ausgeschaltet.

Locke fiel fast aus dem Wagen.

Sascha, der neben der geöffneten Tür stand, beobachtete sie.

Sie lief los. Aber selbstverständlich warf sie einen Blick auf das Nummernschild.

Unmöglich, auch nur ein Zeichen zu entziffern. Nicht mal den Wagentyp konnte sie erkennen. Die Gegend war einfach zu duster.

Die Mondsichel hatte sich hinter Wolken versteckt. Die Luft roch nach kaltem Regen.

Sie lief bis zur Ecke. Als der Wagen abfuhr, blickte sie ihm nach. Aber Sascha hatte kein Licht eingeschaltet.

Sie mußte noch ziemlich weit gehen, bis sie die Tankstelle erreichte.

Der Typ, der dort Dienst machte, verkaufte auch Reise-Proviant, Zeitschriften und Spirituosen aller Art.

Sie erklärte ihm, sie befinde sich in einer Notlage, sei überfallen worden – ob sie mal telefonieren dürfe. Ihre Leute würden das Gespräch dann bezahlen.

„Klar", nickte er. „Überfallen? Etwa von 'nem Sittenstrolch?"

„Von Terroristen. Aber Strolche sind's auch. Wo sind wir hier übrigens?"

„Kletzenburger Landstraße. Letzte Tankstelle vor der Autobahn-Ostumgehung."

„Also nicht beim Güterbahnhof?"

„Nee. Wieso?"

Diese Strolche! dachte sie. Entweder wollten sie mich verwirren, oder sie kennen sich selbst nicht aus in der Stadt.

Sofort nach dem ersten Läuten meldete sich Gunter.

„Papi", sagte sie. „Ich bin frei. Kannst mich abholen in der ..."

*

Der Jubel über Lockes Rückkehr war abgeklungen. Was es zu sagen gab, war gesagt. Jeder hatte berichtet.

„Demnach habe ich mit Sascha Krügler gesprochen", stellte Gunter fest.

„Aber der andere war an der Löwenbrücke", sagte Locke.

„Gesehen habe ich nichts von ihm", meinte Mike. „Hingegen hat sich seine Stimme bei mir eingeprägt. Die würde ich wiedererkennen. Und schleichen kann er wie ein Indianer."

Gunter hatte Kommissar Fritz Menke angerufen und ihm mitgeteilt, daß Locke wohlbehalten zurückgekehrt sei. Aber zur Fahndung könne sie leider nichts beitragen.

„Der eine war Sascha Krügler. Den, Fritz, hat sie erkannt. Den anderen nicht. Den Wagen haben sie immer im Dunkeln geparkt. Sie kennt weder das Modell noch das Kennzeichen."

Jetzt, als sie zu fünft um den Tisch saßen, breitete sich bedrückte Stimmung aus. Nicht nur als Folge der nervlichen Anspannung, sondern wegen der brutalen Drohung der Terroristen.

„Wir müssen das ernst nehmen“, faßte Gunter zusammen. „Das heißt, unser Leben hat sich mit dem heutigen Tag geändert. Ich werde darum ersuchen, daß wir in irgendeiner Weise Polizeischutz erhalten. Wie das in der Praxis aussieht, wissen wir: Ein Streifenwagen wird mehr oder weniger häufig bei dir, Helga, und hier bei uns vorbeifahren. Das verhindert nichts. Aber mehr ist auch nicht möglich. Also bleibt dieBedrohung. Wie wir damit fertig werden, weiß ich noch nicht. Im Grunde gibt es nur eine Lösung – nämlich, daß der Geheimbund Totenkopf ausgehoben wird. Daß die Terroristen gefaßt werden bis auf den letzten Mann. Hoffen wir, daß unsere Ordnungshüter das schaffen.“

Ein frommer Wunsch! dachte Tom.

Er saß neben Locke auf der Couch. Sie hielten Tuchfühlung. Ab und zu strich er ihr übers Haar. Nicki, der unterm Tisch lag, hatte ihr den schweren Schädel auf die Füße gelegt.

ÖL

Ich, dachte Tom, verlasse mich lieber auf mich. Abwarten, Däumchen drehen und diesen Strolchen alle Möglichkeiten geben? Nicht mit mir! Angriff war noch immer die beste Verteidigung. Aber erst soll sich mein Herzblatt mal ausschlafen. Morgen sehen wir weiter. Hab da schon 'ne Idee.

Durch ihre Knistermähne raunte er ihr ins Ohr: „Sobald du ausgeschlafen bist – so zwischen sechs und sieben nachher –, tanze ich an, ja? Dann planen wir den Tag."

„Zwischen sechs und sieben?" fauchte sie. „Weißt du, wie spät es ist? Soll ich überhaupt nicht mehr schlafen? Oder meinst du zwischen 18 und 19 Uhr?"

„Ich denke, du bist ein weiblicher Yogi", grinste er. „Seit wann brauchen die Schlaf?"

„Seit Menschen die Müdigkeit erfunden haben, du abgewrackter Karate-Freak. Schaukel mal deine graue Grütze im Kreis, dann schnallst du, daß vom Schlitten rutscht, wer nicht ausreichend in der Poofe liegt. Klar?"

„Hoho!" meinte Mike. „Ihr geht's schon wieder recht gut."

13. Unfall oder Mordversuch?

Kommissar Menke war unausgeschlafen, erschien aber pünktlich zum Dienst.

Am Schreibtisch hockend, schlürfte er schwarzen Kaffee und dachte nach über die Ereignisse von gestern und über die der letzten Nacht.

Er kam zu dem Ergebnis, daß null Möglichkeit zu gezielten Ermittlungen vorlag.

Dann beschäftigte er sich mit dem TAGEBLATT, wo er besonders Gunters Bericht las.

Was die sieben Minister betraf, die im Visier der Terroristen standen, hatte er schon letzte Nacht entsprechende Mitteilungen weitergeleitet.

Er rührte in seinem Kaffee – aus Gewohnheit. Denn um schlank zu bleiben, verzichtete er neuerdings auf Zucker und Sahne.

Als er die Tasse zum Mund führte, klingelte das Telefon.

Bevor er sich meldete, trank er einen Schluck.

„Fritz, bist du's?" fragte Oberkommissar Puckhöfer. „Deine Stimme klingt so zerzaust."

„Morgen, Bernd! Hatte eine schlechte Nacht. Wie geht's dir?"

Bernd Puckhöfer leitete eine Landpolizei-Inspektion, in deren Zuständigkeitsbereich auch Brasshausen gehörte, der kleine Ort – 102 Kilometer von der Großstadt entfernt.

„So wie dir. Hatte auch eine schlechte Nacht. Deshalb rufe ich an. Was sagt dir der Name Jutta Finke?"

Menke dachte nach. „Nichts."

„Sie ist Studentin, 24 Jahre jung und stammt aus der Stadt – das haben wir inzwischen rausgebracht. Sie selbst kann leider keine Auskunft geben. Sie liegt nämlich noch im Koma. Die Ärzte meinen zwar, daß sie durchkommt. Aber wann sie aufwacht, das steht in den Sternen."

„Aha!" sagte Menke.

„Jutta Finke wohnte in der Pension Waldeslust in der Gemeinde Brasshausen. Kennst du, ja? Nach Mitternacht wollte sie offenbar einen Spaziergang machen – oder sich mit irgendwem treffen. Jedenfalls verließ sie die Pension. Als sie die Brücke überquerte – der Fluß heißt Zuffe – wurde sie Opfer eines Verkehrsunfalls. Der Fahrer floh. Eine Zeugin sah lediglich, daß es sich um ein rotes Fahrzeug handelt. Jutta Finke wurde schwerverletzt und ist seitdem – wie gesagt – ohne Bewußtsein."

„Tragisch! Aber weshalb erzählst du mir das?"

„Sie hatte keine Handtasche bei sich und keine Papiere. Aber Brasshausen ist keine Weltstadt. So erfuhren wir schließlich, daß sie als Gast in der Pension Waldeslust wohnt. Klar, daß wir uns in ihrem Zimmer umsehen mußten, um eine Adresse zu kriegen. Na, und das haben wir dann auch."

„Und jetzt kommt's!" meinte Menke. Denn was ihm sein Kollege vorgetragen hatte, lag meilenweit neben seinem Aufgabenbereich. Also mußte was folgen, das auch ihn interessierte.

„Den Namen Norbert Krussmann kennst du?" fragte Puckhöfer.

Menke richtete sich steil auf. Wie weggeblasen war die Müdigkeit.

„Und ob! Ein Jahr ist es her. Damals habe ich ihn vernommen. Er war Sascha Krüglers Freund – und stand eine Zeitlang im Verdacht, sich terroristisch zu betätigen. Er wurde überwacht. Aber der Verdacht konnte nicht erhärtet werden. Keine Hinweise darauf, daß er noch Verbindung hat zu Sascha Krügler."

„So habe ich's in Erinnerung", bestätigte Puckhöfer. „In dem Pensionszimmer fanden wir zwar keine Ausweis-Papiere, aber ein Notizbuch, in dem auch Fotos sind. Aus den Eintragungen geht hervor, daß Jutta Finke mit Krussmann befreundet ist – oder war. Es muß – jetzt erst – zu einem schlimmen Zerwürfnis gekommen sein: wegen der Sache – wie sie es bezeichnet. Sie hat dann notiert, daß sie vor ihm geflohen sei, sich verstecke und erst mit sich ins reine kommen müsse."

Menke pfiff durch die Zähne. „Was meint sie mit ‚der Sache‘?“

„Ja, was meint sie damit? Angesichts dieses Hinweises sieht der Unfall etwas anders aus, nämlich nicht mehr wie ein Unfall. Es könnte auch ein Mordversuch sein.“

„Um sie zum Schweigen zu bringen?“

„Ist doch möglich.“

„Du hast recht“, sagte Menke. „Nehmen wir mal an, Krussmann ist nicht der Unschuldsengel, als der er sich uns dargestellt hat, sondern in Verbrechen verwickelt – vielleicht sogar in Terror-Aktionen. Jutta Finke bemerkt das – und muß sich vor ihm in Sicherheit bringen. Sie schreckt davor zurück, ihn anzuzeigen, denn immerhin war er bis dahin ihr Freund. Krussmann gerät in Panik, kann ihrer Spur folgen – und wird von weniger Skrupeln gebremst als seine Freundin. Dann wäre es ein Mordversuch. Roter Wagen, sagst du?“

„Ja, rot. Das weiß die Zeugin mit Sicherheit.“

„Hat Jutta Finke Verwandte?“

„Wir konnten ihre Eltern ausfindig machen. Sie sind jetzt bei ihr im Krankenhaus. Der Vater ist Amtsrichter. Steht kurz vor der Pensionierung.“

„Aber das Mädchen kommt durch?“

„Die Ärzte sagen es.“ Puckhöfer hüstelte. „Sind eigentlich damals irgendwelche Informationen – Krussmann betreffend – an die Öffentlichkeit gedrungen?“

„Nein. Nichts.“ Menke antwortete nach kurzem Zögern. Er entsann sich, daß er Gunter eingeweiht hatte. Aber mit der Auflage, davon keinen Gebrauch zu machen, solange Krussmanns Schuld nicht erwiesen sei.

Selbstverständlich hatte sich Gunter daran gehalten.

„Also darum“, meinte Puckhöfer. „Ich habe kurz mit dem Amtsrichter gesprochen. Vernünftiger Mann. Natürlich ist er jetzt krank vor Sorge. Seine Tochter hat mit Krussmann zusammen gelebt. Finke scheint das zu mißbilligen, aber nicht grundsätzlich, sondern nur, weil er Krussmann nicht schätzte. Offenbar hält er ihn für einen Versager. Daß er möglicherweise kriminell ist, weiß er nicht. Was macht Krussmann beruflich?"

„Damals war er Vertreter."

„Das ist es, Fritz, was ich zu bieten habe."

„Ist doch 'ne Menge. Habt Ihr Krussmann offiziell benachrichtigt?"

„Das wollte ich dir überlassen."

„Und Finke?"

„Der hat ihn bestimmt nicht angerufen. Weil er ihn, wie gesagt, zum Kotzen findet."

„Recht hat er. Was macht deine Frau?"

„Ihr geht's gut. Sie töpfert neuerdings. Das kann zur Leidenschaft werden. Meinen Kaffee trinke ich jetzt aus selbstgemachten Tassen. Das ist etwas unbequem, denn sie fallen an den Rändern recht dick aus. Aber die Glasur gefällt mir. Zum Geburtstag kriege ich sicherlich einen selbstgetöpferten Nachttopf."

Menke lachte. „Grüß Irmgard von mir!"

Als er aufgelegt hatte, begannen sich seine grauen Zellen zu strecken.

Kommt mir gar nicht so ungelegen, dachte er. Die Fahndung nach Sascha Krügler wurde schon vor Tagen verstärkt. Seit gestern sind wir gewarnt. Die Terroristen-Szene reichert sich an mit Dynamit. Aber wir treten auf der Stelle. Nichts zum Einhaken. Und jetzt Bernds Hinweis. Vielleicht ist was dran. Gehört Norbert Krussmann zum Geheimbund Totenkopf?

*

Ungefähr 26 mal hatte er sich von einer Seite auf die andere gewälzt. Dann wurde Tom klar, daß er wirklich nicht mehr schlafen konnte.

Er sah auf die Uhr. Es war Viertel vor sieben.

Wahnsinn! Das war eine mächtig kurze Nacht gewesen. Aber Jagdfieber kreiste ihm im Blut. Und Besorgnis.

Die Drohung der Terroristen war wie das berühmte Schwert über dem Nacken: ein lebensbedrohliches Unbehagen.

Er stand auf.

Draußen flimmerte ein grauer Tag auf. Er sah noch diesiger aus als gestern und versprach wenig Heiterkeit in seinem Verlauf.

Egal! dachte Tom. Bin ja nicht im Urlaub, sondern in Action.

Nicki lag auf seiner Hundematratze, gähnte, wedelte, blieb aber liegen.

Um Helga nicht zu wecken, duschte Tom im Parterre-Bad.

Als er in die Küche schlurfte, ackerten schon allerhand Gedanken in seinen grauen Zellen herum.

Bei Kaffee und Butterhörnchen beschloß er, sich hinter Bert Albrecht zu klemmen.

Der Rollstuhl-Behinderte verbrachte sein halbes Leben am Fenster. Er mußte Leute kennen – wenigstens vom Sehen –, die damals, als Sascha noch offiziell zu Hause war, in der Krügler-Villa aus- und eingingen. Freunde von Sascha. Liebenswerte Zeitgenossen, die ihn möglicherweise auf die schiefe Bahn gebracht hatten.

Nicki tappte in die Küche, legte den Schädel auf Toms Knie und gähnte ihn an.

In der Küche wurde er normalerweise nicht geduldet, jedenfalls war Mit-Ha, die Haushälterin, dagegen, obwohl sie den Vierbeiner ansonsten sehr liebte.

Helga konnte sich diesen grundsätzlichen Erwägungen aus hygienischer Sicht nicht verschließen. Lediglich Tom sah das lockerer und hielt solche Maßnahmen für Humbug. Nach dem Motto: Wären die meisten Menschen so sauber wie unser Hund, gäbe es keine Ferkel mehr.

Er kraulte ihn hinter den Ohren. Dann gab er ihm einen pizzagroßen Hundekuchen.

Um 7.26 Uhr düste Tom mit seinem neuen Motorroller in Richtung Mozart-Allee.

Nicht im Traum dachte er daran, Locke zu wecken. Seine

diesbezügliche Drohung von letzter Nacht war nicht ernst gemeint. Als Galan *(Freund mit Zuvorkommenheit)* weiß er, was seinem Herzblatt nützt.

Bevor er bei Albrecht klingelte, sah er hinüber zur Krügler-Villa. Dort rührte sich nichts. Geschlossene Vorhänge hinter jedem Fenster, an einigen waren auch die Jalousien herabgelassen.

Wie Tom von Gunter erfahren hatte – was der wiederum von Menke wußte –, befand sich Dr. Krügler in Haft. Aber wohl nur vorübergehend. Schon erste Vernehmungen hatten nämlich gezeigt, daß der Arzt mit dem Terrorismus nichts am Hut hatte – sondern felsenfest dagegen war, sich von seinem Sohn irgendwie hineinziehen zu lassen. Dr. Krügler wollte nichts wissen von Saschas Tun und seinen Komplicen – hatte seinem Sohn lediglich Quartier gegeben: aus verständlicher Vaterliebe.

Als Informant war der Arzt also leider eine total taube Nuß.

Der Summer ertönte.

Tom trat ins Haus.

Albrecht hatte seine Wohnungstür geöffnet und parkte den Rollstuhl auf der Schwelle.

„Morgen, Herr Albrecht!“ rief Tom. „Ich komme ziemlich früh, Entschuldigung.“

„Macht nichts, Tom. Ich bin Frühaufsteher.“

Er war gerade beim Frühstück und bot Tom an, aber der lehnte dankend ab.

Lorchen hockte noch ziemlich schläfrig auf seiner Stange und schwieg.

Zunächst informierte Tom den Behinderten über alles, was nicht aus Gunters Zeitungsberichten hervorging. Dann holte er sein Anliegen hervor.

Albrecht war noch mit entsetztem Staunen beschäftigt.

„Bin fest entschlossen, der Polizei bei ihren Ermittlungen hilfreich zur Seite zu stehen.“ Tom grinste. „Und hier fange ich damit an.“

„Aber das ist ja schrecklich.“ Albrecht war mit Gedanken und Kommentar noch im Rückstand, meinte nämlich Lockes nächtliche Entführung und die Drohung der Terroristen gegen den Familien-Clan Rehm-Conradi.

„Eben drum, Herr Albrecht. Und deshalb bitte zu niemandem ein Wort über unser Gespräch! Was ich von Ihnen wissen will: Sie nehmen doch regen Anteil an Ihrer engsten Umge-

bung und wissen deshalb sicherlich auch, wen Sascha Krügler vor seinem Abtauchen zu seinen Freunden zählte."

Albrecht nickte. „Aber Sascha ist ja schon ziemlich lange weg. Angeblich."

„Erinnern Sie sich an seine Kumpel?"

„Ziemlich genau. Es waren zwei. Der eine kam häufig, der andere sehr selten. Wie mir Bernhardine Pütz erzählte, ist der eine – der häufige – von der Polizei überprüft worden. Damals. Aber es kam wohl nichts dabei raus. Also kein Terrorist. Von dem andern wußte niemand den Namen. Nur Sascha. Na, und der hatte sich schon verdrückt. Den andern – den seltenen – konnte die Polizei also nicht ausfindig machen."

„Wer ist Bernhardine Pütz?"

„Sie war Dr. Krüglers Haushälterin. Als das mit Sascha passierte, hat sie ihre Stellung gekündigt."

„Die Frau hat doch sicherlich Telefon", meinte Tom.

14. Kommissar Conradi

Es war inzwischen acht Uhr geworden.

Immer noch eine unchristliche Zeit. Aber Tom ging davon aus, daß eine Haushälterin nicht bis mittag in den Federn liegt.

Albrecht, der sie gut kannte, ging als erster ans Rohr, um erstmal eine Grundlage des Vertrauens zu schaffen.

„Hallo, Frau Pütz“, rief er aufgekratzt in den Hörer. „Hier ist Bert Albrecht. Ja, ich. Hoffentlich habe ich Sie nicht geweckt. Wie geht’s denn so?“

Während sich die beiden hinsichtlich des persönlichen Befindens auf den neuesten Info-Stand brachten, stellte Tom seine Ohren auf Durchzug.

Dann kam Albrecht zur Sache.

„... ist Ihnen sicherlich bekannt, liebe Frau Pütz, daß nach Sascha Krügler – ja, nach diesem Tunichtgut – seit Tagen verstärkt gefahndet wird. Na, und dann – gestern das! Haben Sie in der Zeitung gelesen, ja? Ich war sozusagen mittendrin. Hat sich alles vor meiner Nase abgespielt. Und nun rollt die Polizei die Sache wieder auf. Gerade ist jemand bei mir, der ein paar Fragen hätte. Nein, ist nicht der Kommissar von damals, sondern ... äh ... ein anderer. Ich übergebe mal.“

„Tag, Frau Pütz“, schmetterte Tom in den Hörer. „Mein Name ist Conradi. Bin ... äh ... mit den Ermittlungen befaßt. Will Ihre Zeit nicht beanspruchen. Aber ich muß noch mal klären: Sascha Krügler wurde vor seinem Verschwinden von zwei Freunden besucht. Der eine kam häufig, der andere selten. Richtig?“

„Völlig richtig, Herr Kommissar.“ Bernhardine hatte eine glockenhelle Stimme. Vielleicht gehörte sie einem Gesangsverein an. „Norbert Krussmann kam häufig. Sascha und er waren auch nachts häufig unterwegs. Ich mochte ihn nicht. Aber ein Verbrecher ist er wohl nicht. Wie Ihre Kollegen feststellten.“

„So ist es“, meinte Tom, obwohl für ihn noch gar nichts erwiesen war. „Den Namen des anderen wissen Sie ja leider nicht.“

„Aber ich habe ihn genau beschrieben. Und inzwischen ...“

„Könnten Sie die Beschreibung bitte wiederholen. Ich habe die Akte im Moment nicht zur Hand.“

„Gern. Aber ich wollte noch sagen: Inzwischen ist mir – was den Namen betrifft – noch was eingefallen. Allerdings bin ich mir nicht ganz sicher. Sonst hätte ich mich schon im Präsidium gemeldet.“

„Aha. Und das ist?“

„Ich meine mich zu erinnern, daß Sascha diesen seinen Freund einmal Helmut gerufen hat.“

„Helmut?“

„Beschwören kann ich es nicht.“

„Verlangt auch niemand, Frau Pütz. Uns hilft es sehr. Und jetzt bitte die Personenbeschreibung!“

„Sofort. Es ist ganz komisch, Herr Kommissar. Plötzlich habe ich das Gefühl, mir liege auch der Nachname auf der Zunge. Helmut ... hmhmhm ... Helmut ... Nein, ich komme nicht drauf.“

„Sollte es Ihnen doch einfallen – würden Sie dann bitte Herrn Albrecht verständigen? Ja, ihn. Die Ermittlungen, wissen Sie, werden zur Zeit aus geheimtechnischen Gründen von verschiedenen Seiten geführt. Herr Albrecht ist bis auf weiteres meine Kontakt-Adresse.“

„Verstehe!“ flötete sie glockenhell. „Von dort aus haben Sie die Villa voll im Blick.“

„Das ist es. Also, wie sieht dieser Helmut aus?“

„Unsympathisch. Wenn ich noch jung wäre – in den würde ich mich nie verlieben. Er ist ziemlich groß, schlank, hat dünnes Haar ohne Farbe und so ein flaches Gesicht, in dem Linien und Ausdruck völlig fehlen. Nur eins fällt auf: seine vorstehenden Froschaugen.“

„Damit läßt sich was anfangen“, meinte Tom.

„Wie er an seinen Spitznamen kommt“, sagte Bernhardine, „weiß ich nicht. Sascha hat ihn Scampi genannt.“

„Scampi – wie der kleine Krebs?“

„Ja. Ähnlichkeit hat er mit dem Wassertier überhaupt nicht – trotz seiner Froschaugen. Ich denke mir, er ißt gern Scampis – und deshalb der Spitzname."

Tom bedankte sich.

Nachdem er aufgelegt hatte, meinte Albrecht: „Sei vorsichtig, Tom! Wenn die Terroristen merken, daß du nach ihnen forschst, machen sie ihre Drohung sofort wahr."

„Weiß ich. Aber Sie werden nichts merken. Besten Dank für Ihre Hilfe, Herr Albrecht. Bis später."

*

Es war immer noch früh, als er seinen Motorroller in der Rehmschen Einfahrt parkte.

Die Garage war leer. Also hatten Gunter und Mike das Haus bereits verlassen – jeder mit seinem fahrbaren Untersatz.

Immerhin – die Jalousie vor Lockes Fenster war hochgezogen.

Toms Freundin öffnete im Bademantel, nachdem sie sich vergewissert hatte, wer da auf der Matte stand.

Offenbar hatte Locke gerade geduscht. Ihre Prachtmähne, die nicht ganz unter die Duschhaube paßte, war an einigen Stellen feucht.

„Bist ja doch schon da!" begrüßte sie ihn.

„Nur probehalber. Wollte fragen, ob's dir genehm ist?"

„Und was wäre, wenn ich dich nochmal wegschicke?" lachte sie. „Kannst in der Küche mein Frühstück machen. Aber nicht probehalber, sondern perfekt."

Während sie sich in ihrem Zimmer anzog, wärmte er einen Viertelliter Milch auf. Aus mehr bestand ihr Frühstück nicht.

„Wer Yoga übt, lebt genügsam", verkündete sie – und naschte dann noch einen Löffel Honig.

Er berichtete. Dann holte er das Telefonbuch.

Es gab nur einen einzigen Krussmann. Der hieß Norbert mit Vornamen und wohnte in der Eichborn-Straße.

„Zunächst brettern wir mal hin“, sagte Tom, „und beäugen die Gegend. Natürlich ist äußerste Vorsicht geboten. Krussmann darf nicht merken, daß wir da rumschleichen. Aber wir müssen wissen, wie er aussieht. Damit wir ihn im Auge behalten zwecks weiterer Beschattung.“

„Klasse wäre, wenn ich seine Stimme hören könnte.“

„Um festzustellen, ob er der Trench-Träger war? Sollen wir ihn anrufen?“

„Er müßte aber mehr sagen, als nur seinen Namen.“

„Am Telefon klingen zwar Stimmen etwas anders – als bei Nacht durch eine Sturmhaube genuschelt. Aber versuchen sollten wir's.“

Sie hockten sich ans Telefon.

Tom wählte und hielt den Hörer dann so, daß Locke mithören konnte.

Nach dem dritten Läuten wurde abgehoben.

„Krussmann!“ Die Stimme knallte geradezu in die Leitung.

„Hier spricht Ferdinand Zychlinski“, krächzte Tom mit zittriger Greisenkehle. „Könnte ich bitte Frau Knickelhuber sprechen?“

„Was? Wen? Hier gibt's keine Frau Knickelhuber!“

„Nein? Müßte aber doch! Haben Sie 6-4-1-0-6-6?“

„Sie haben sich verwählt, Opa! Hier ist 641077.“

„Warum sagen Sie Opa zu mir? Ich habe keine Enkel. Bin immer noch Junggeselle. Entschuldigen Sie die ...“

Aber Krussmann hatte schon aufgelegt.

„Nee“, Locke schüttelte den Kopf. „Der war's nicht. Da bin ich mir sicher. Der Trench-Träger hatte eine ganz andere Röhre. Er röhrt heiser.“

„Krussmanns Unschuld ist dadurch nicht bewiesen. Wie wir wissen, hat der Geheimbund Totenkopf mindestens fünf Mitglieder. Und nur einer, nämlich Sascha Krügler, ist bekannt.“

„Und jetzt?“

„Wir knallen uns voll rein in die Beschattung. Also ab zur Eichborn-Straße.“

Könnte ich bitte
Frau
sprechen

15. Höchst verdächtig

Kommissar Menke parkte seinen Wagen am Bordstein, stieg aus und blickte die Eichborn-Straße entlang.

Sie hatte sich nicht verändert, sah noch aus wie damals, als er Norbert Krussmann überprüft hatte: eine Einbahnstraße in der Altstadt, schmal und bedrängt von den Zeilen alter Häuser. Die Gebäude wirkten malerisch mit ihren schiefen Dächern, den zum Teil 200jährigen Mauern und wuchtigen Eingangstüren. Aber für die Bewohner waren sie nicht die reinste Freude, fehlte es doch arg an Komfort.

Es gab viele Höfe und Hinterhöfe, Einfahrten, Tore und Remisen (*Schuppen für Wagen und Geräte*). Es war sicherlich die – baulich – am wenigsten geordnete Gegend der Stadt. Nur wer hier aufgewachsen war, kannte jeden Winkel.

Wohnte Krussmann schon lange hier?

Menke wußte es nicht. Es war auch ohne Belang.

Er klingelte an der Parterre-Wohnung eines Fachwerkhauses, das einen neuen Anstrich hatte: weiß und rostbraun.

Krussmann öffnete.

Er war 29 Jahre alt und ein beeindruckender Typ, nämlich hochgewachsen und athletisch. Auf dem markanten Gesicht gedieh ein Drei-Tage-Bart. Er war blond und hatte Augen wie Eis. Die Lider waren gerötet, als hätte er letzte Nacht nicht geschlafen, sondern rumgesumpft in einer Kneipe.

Er trug keine Jacke. Das weiße Hemd war zerknittert und schmuddelig.

„Kennen Sie mich noch?“ fragte Menke.

„Der Bulle! Du meine Güte! Wie könnte ich Sie vergessen! Sie haben sich doch alle Mühe gegeben, mich zu einer Art Staatsfeind zu stempeln. Was wollen Sie?“

„Ich habe nicht versucht, Sie abzustempeln, sondern eine Untersuchung geführt. Deshalb bin ich auch jetzt da. Kann ich reinkommen? Oder wollen Sie mich lieber ins Präsidium begleiten?“

„Dann schon lieber hier."

Menke kannte den Wohnraum schon. Aber der hatte sich verändert, verriet jetzt eine weibliche Hand. Zur Zeit allerdings herrschte Unordnung.

Menke nahm einen Stapel Zeitungen vom Sessel und setzte sich. Dann berichtete er, was sich letzte Nacht in Brasshausen zugetragen hatte.

Krussmanns gerötete Lider zuckten. Er sagte kein Wort.

Menke beobachtete, wie der Typ die Nachricht verdaute. Unter gespielter Gelassenheit schien er entsetzt zu sein.

„In Jutta Finkes Notizbuch steht also", wiederholte der Kommissar, „daß sie vor Ihnen geflohen ist, sich versteckt hat, erst mit sich ins reine kommen will – wegen der Sache. Worum ging es?"

Krussmann starrte zu Boden. „Um nichts. Nichts Wichtiges."

„Was heißt das?"

„Sie war eifersüchtig. Grundlos."

„Wirklich grundlos?"

„Völlig. Sie hat sich da was eingebildet und ist einfach abgehauen."

„Sie wußten nicht, wo sie war?"

„Keine Ahnung hatte ich. Sonst wäre ich ihr nachgefahren."

„Was für einen Wagen haben Sie?"

„Einen Ford."

„Farbe."

„Rot."

„Ein roter Wagen hat den Unfall – nennen wir's mal so – verursacht."

„Heh, Kommissar! Wollen Sie damit andeuten, ich hätte ... Ist ja idiotisch!"

„Wo waren Sie letzte Nacht?"

„Hier. In der Wohnung."

„Allein."

„Ja, allein. Ist kein Alibi, was?"

„Nein, das ist kein Alibi. Wir werden Ihren Wagen untersuchen."

„Bitte, gern! Habe ja nichts zu verbergen. Dann fahr ich eben mit Taxi zu Jutta ins Krankenhaus. Die Rechnung lege ich Ihnen vor."

„Wie ich schon sagte: Jutta Finke ist noch ohne Bewußtsein."

„Aber sie wird überleben, haben Sie eben gesagt. Jaja, ich weiß, das meinen die Ärzte. Muß sie damit rechnen, daß sie ... irgendwie entstellt bleibt? Gesichtsverletzungen? Oder eine Amputation?"

„Darüber bin ich nicht informiert", sagte Menke.

Er wurde nicht klug aus dem Typ. Krussmann hatte sich verfärbt. Er zwinkerte nervös. Seine Beine zuckten, als wollte er aufspringen. Um zu fliehen? Um zu seiner Freundin zu eilen?

Jetzt hob er den Kopf und starrte Menke an. Verachtung lag in dem Blick.

„Sie wollen also meinen Wagen untersuchen lassen. Lächerlich."

„Keineswegs. Sie sind vorbestraft, Krussmann. Wegen schweren Diebstahls und unerlaubten Waffenbesitzes. Weiß Jutta Finke das?"

Krussmann schwieg.

„Also nicht. Hinzu kam damals der Verdacht, Sie wären beteiligt an terroristischen Aktionen – wie Ihr Freund Sascha Krügler."

„Wir waren mal befreundet. Seit einem Jahr habe ich ihn nicht mehr gesehen."

„Für uns, die Kripo, entsteht jedenfalls ein ziemlich klares Bild. Jutta Finke könnte – ich sage: könnte – Dinge über Sie erfahren haben, die sie auf keinen Fall wissen darf. Sie ist schockiert, flieht und wird für Sie zum Risiko. Das wollen Sie nicht eingehen, und deshalb ..."

„Was Sie mir da unterstellen, ist eine bodenlose Gemeinheit. Aber ein Bulle ist wahrscheinlich schon so abartig in seinem

Denken, daß er gar nicht anders kann. Sicherlich befürchten Sie im Geheimen, daß Ihre Frau Sie vergiften könnte und Ihre Kinder das Haus anzünden, wie? Ich sag's Ihnen noch mal: Ich war hier. Jutta ist abgehauen, weil wir einen Streit aus Eifersucht hatten. Ich wußte nicht, daß sie in Brasshausen ist. Ich habe nicht versucht, sie zu überfahren. Sicherlich war das ein saudummer Unfall."

„Geben Sie mir die Wagenschlüssel!"

*

Sie parkten Motorroller und Mofa vor einem Eissalon am Gertruden-Platz und schlurften dann die Eichborn-Straße hinunter – entgegen der Verkehrsrichtung, die hier, weil's zu eng ist, einbahnig verläuft.

Der frühe Vormittag bedachte Stadt und Land mit einer schleimigen Nebeldecke, die keinen Sonnenstrahl durchließ. Von Grauschleiern umflattert, wirkten die alten Häuser ziemlich trist.

Locke machte Tom darauf aufmerksam. Aber er meinte nur, es könne ja nicht jeder so komfortabel hausen wie die Rehms und Conradis. Andererseits hätten die hiesigen Anwohner sicherlich das erhebende Gefühl, in historischem Gemäuer zu leben.

„Darauf pfeife ich doch", sagte Locke, „wenn die Wände feucht und die Böden schief sind."

Tom zog sie hinter einen Torbogen, an dem schon viele Hunde das Bein gehoben hatten. Er roch wie ein Bahnhofs-Klo.

„Das Fachwerkhaus dort drüben, Locke-Schatz, muß es sein."

Locke-Schatz äugte hinüber.

Sie trug heute hellblaue Stiefeljeans, currygelbe Stiefel und einen po-langen Pullover in fast derselben Farbe. Er war selbstgestrickt, aber trotzdem schick, und sie konnte den Rollkragen bis zu den Ohren hochrollen.

„Meinst du das Haus, Engelbert, vor dem Kommissar Menkes Wagen steht?"

„Was?"

Er stand hinter ihr und schob den Kopf um die Ecke. „Wieso

ist das Menkes Wagen? In der Mozart-Allee war er gestern mit einem Dienstfahrzeug."

„Aber der Verkehrsschreck dort gehört ihm privat. Ich weiß das, weil ich Menke etwas besser kenne als du. Kann auch sein, es ist der Wagen seiner Frau. Jedenfalls kommt er mit dem immer zur Tennishalle, wenn Gunter und er mätschen."

„Gut. Aber was will er bei Krussmann? Auf die Idee sind wir doch gekommen!"

Sie lachte. „Unterschätzen wir die Bullen nicht."

Sie starrten hinüber: schräg die Straße entlang, denn besagtes Haus war das vierte straßab – gerechnet von ihrem Standort.

Daß Menke nicht irgendwo einkaufte – und auch nicht zufällig dort parkte, weil er anderswo keinen Abstellplatz fand, war klar. Er konnte nur bei Krussmann sein.

Also ist der immer noch oder schon wieder verdächtig, überlegte Tom. Sooo sauber konnte er sich wohl damals nicht waschen. Es sei denn, die Kripo hat null Komma null Anhaltspunkte und gräbt in ihrer Verzweiflung den Schnee von gestern aus. Das wäre beknackt.

In diesem Moment öffnete sich die Haustür.

Sofort zuckten beider Köpfe hinter den Torbogen. Dann riskierten sie vorsichtig ein Auge.

Menke trat aus dem Haus. Hinter ihm sockte ein stattlicher Blonder, dem seitlich das weiße Hemd aus der Hose hing. Überhaupt schien der Typ ziemlich abgeschlafft, ließ nämlich straffe Haltung vermissen. Er folgte dem Kommissar bis zur Hofeinfahrt. Beide blickten auf den Hof.

Menke streckte den Arm aus und zeigte auf etwas, das nicht im Blickfeld des Pärchens war.

Der Blonde nickte mürrisch. Dann machte er kehrt und schnürte ins Haus zurück – ohne Gruß und Geste.

Die Tür wurde geschlossen.

„Sieht nicht so aus", sagte Locke, „als wenn sich die beiden gut verstehen."

Menke trat zu seinem Wagen und wollte einsteigen.

In diesem Moment pfiff Tom auf zwei Fingern, daß Locke zusammenfuhr.

„Bist du noch dicht? Handbreit neben meinem musikalischen Ohr! Mir fliegt das Trommelfell raus."

„Das hält mehr aus, als du denkst", grinste er – und trat hinter dem Torbogen hervor, um Menke zuzuwinken.

Der hatte den Pfiff zwar nicht auf sich bezogen, aber trotzdem in die Richtung geblickt.

Tom gestikulierte, nahm Locke an der Hand und zog sie über die Straße, nicht schräg hin zu Menke, sondern nur auf die andere Seite, wo sie – was Krussmann betraf – im toten Winkel waren.

Menke verstand, rollte im Schrittempo heran, hielt und beugte sich herüber, um die beiden rechten Türen zu öffnen. Das Pärchen stieg hinten ein.

„Nichts sagen!" gebot Menke, nachdem er ihren fröhlichen Gruß erwidert hatte. „Laßt mich raten. Ihr seid rein zufällig hier. Und daß ihr euch dort drüben versteckt habt, gehört zu einem Geländespiel, das diesmal in der Altstadt stattfindet."

Tom grinste. „Wenn Sie uns sagen, weshalb Sie bei Norbert Krussmann waren, legen wir unsere Karten auf den Tisch."

Menke schob die Brauen zusammen. „Jetzt bin ich böse auf deinen Vater, Locke. Er hat mir damals versprochen, daß die Infos über Krussmann unter uns bleiben."

„Nun mal langsam mit der Schnecken-Post!" rief Locke. „Von Gunter wissen wir nichts. Der ist gar nicht drin in dem Spielchen. Vielmehr hat Tom vorhin einige seiner grauen Zellen krummgemacht und über Albrecht und Bernhardine Pütz und unter Vorspiegelung falscher Tatsachen ... Aber erzähl's doch lieber selbst, Engelbert."

Tom folgte der Aufforderung.

Menke schüttelte ab und an den Kopf, aber nicht ärgerlich, sondern respektvoll.

Dann erzählte er, weshalb er Krussmann aufgesucht hatte.

„... lasse ich seinen roten Wagen abholen und untersuchen.

Anschließend wissen wir mehr. Allerdings – ich habe jetzt schon das Gefühl, daß ich eine Niete ziehe."

„Aber der müßte doch blöd sein", sagte Tom, „wenn er für einen Mordversuch den eigenen Wagen benutzt. Terroristen wie er ..."

„Da ist nichts erwiesen, Tom", fiel Menke ihm ins Wort. „Es war nur ein Verdacht."

„Gut. Also grundsätzlich: Ein Terrorist würde doch einen geklauten Wagen nehmen."

„Sicherlich. Aber das ist nicht euer Bier. Ich kenne eure Sucht, Gunter zu übertrumpfen, indem ihr gefährliche Geschichten ausgrabt und heiße Eisen anlangt. Aber diesmal, bitte, nicht! Laßt den Krussmann in Ruhe. Wer weiß, was ihr aufrührt, wenn ihr hier rumschnüffelt."

Die beiden lächelten.

„Gunter rief mich vorhin an", fuhr Menke fort. „Ich weiß, welche Drohung über euch schwebt. Deswegen werde ich meine Ermittlungen so einrichten, daß der Geheimbund Totenkopf als ganzes auffliegt – sozusagen mit Mann und Maus hinter Gittern landet. Keiner darf ungeschoren bleiben."

Tom kniff seine Freundin, ohne daß Menke das sah.

Geheime Verständigung war das – und hieß: Wir tun so, als fügen wir uns.

Sie nickten beide.

„Soll ich euch ein Stück mitnehmen?" fragte Menke.

„Nicht nötig", wehrte Locke ab. „Unser Ferrari steht an der Ecke."

Sie wünschten ihm einen arbeitsreichen, anstrengenden Tag und stiegen aus. Menke fuhr ab.

Kaum daß er beim Gertruden-Platz um die Ecke bog, kam Krussmann aus dem Haus.

Das Pärchen verschwand hinter einem Mauervorsprung. Von dort beobachteten sie.

Krussmann trug jetzt schwarzlederne Motorradkluft, hatte sich also mit affenartiger Geschwindigkeit windschlüpfig eingepellt. Er schnürte ab auf den Hof, den silberfarbigen Helm unterm Arm. Dann hörten sie das Röhren eines ganz heißen Schlittens.

Im nächsten Moment preschte er an ihnen vorbei.

Schon der Gedanke, ihn zu verfolgen, war lächerlich.

Achselzuckend sahen sie ihm nach.

16. Ein privater Kraftradverein

Die Wohnung trug die Bezeichnung Ko-Wo 1 und war Sammelstelle und Treffpunkt der Terroristen, sozusagen das Vereinslokal.

Es lag im Obergeschoß eines Hinterhauses, das einen Hinterhof in der Van-Driesen-Straße auf einer Seite begrenzte. Alle vier Seiten waren Wohntrakte. Ehrbare Leute lebten hier, Leute mit kleinem Einkommen. Jeder wußte fast alles über seine Nachbarn und half mit Fleiß, Gerüchte in die Welt zu setzen. Freilich reichten die Gerüchte nicht über den Hinterhof-Wohnbezirk hinaus. Vorn, wo die Van-Driesen-Straße unter dem vorbeiflutenden Verkehr litt, interessierte sich niemand dafür.

Die konspirative Wohnung Nr. 1 bestand aus drei Zimmern und einem Klo mit Waschbecken.

Das genügte.

Nur der mittlere Raum, wo man laut reden konnte, ohne draußen gehört zu werden, war möbliert: mit Tisch, fünf Stühlen und einem Eisschrank, in dem das Bier aufbewahrt wurde.

An der Eingangstür hing ein Messingschild: CLUB-ZENTRALE HEISSE ÖFEN – und darunter in kleiner Schrift: Privater Kraftradverein.

An diesem Vormittag saß der U-Bahn-Streckenläufer Werner Pohl, 49, am Fenster seiner Zwei-Zimmer-Wohnung im Parterre des Wohntraktes gegenüber.

Mathilde, seine Frau, stand am Eßtisch hinter ihm und bügelte Weißwäsche. Zu diesem Zweck – und wegen räumlicher Enge – hatte sie den Tisch zum Bügelbrett umfunktioniert. Sie trug ein paar Lockenwickler im Haar, war auch 49, sah aber älter aus, was nicht zuletzt an der angefutterten Fülle lag.

Werner wurde nicht dick. Als Streckenläufer mußte er täglich 16 Kilometer abjoggen: auf U-Bahn-Gleisen. Heute begann der Dienst erst um 14 Uhr. Er hatte eben die Zeitung gelesen. Jetzt zündete er sich einen Stumpen an, von denen er täglich nie mehr als drei rauchte.

„Da sind sie wieder, Thilde. Haben wieder ihr Clubtreffen. Komische Typen."

Er sagte zwar ‚sie', aber bis jetzt war nur einer da. Doch Werner Pohl wußte aus Erfahrung, daß es immer mindestens vier waren, die sich oben in der Club-Zentrale versammelten. Vier in schwarzes Leder gehüllte Männer, die ihre schweren Maschinen – mit Erlaubnis der Hausverwaltung – auf dem Hinterhof parkten, wo sonst drei Kleinwagen standen und etliche Fahrräder. Und selbstverständlich die Müll-, Glas- und Papier-Container.

Es war ein Hinterhof von beachtlicher Größe.

Eben hatte der mit dem silberfarbenen Helm seine Maschine auf die Raststütze gehoben: ein großer Kerl, blond und gutaussehend, wie Werner Pohl wußte, obwohl der Typ seinen Helm meistens aufbehielt, jedenfalls erst abnahm, wenn er drüben das Haus betreten hatte.

„Heute ist er nicht so forsch, Thilde", stellte Werner fest. „Der latscht ja wie 'ne ausrangierte Lok."

„Welcher?" fragte Mathilde, ohne aufzublicken.

„Es ist doch erst einer da, der Blonde. Jetzt geht er ins Haus. Ah, da kommt schon der nächste."

Man hörte es. Dann verstummte der Motor. Der Typ mit dem roten Helm stieg ab.

Ihn konnte Werner am besten beschreiben. Bestand doch dieses Heiße-Öfen-Mitglied fast nur aus Haaren. Ein mächtiger Vollbart versteckte das Gesicht. Der lockige Wuschelkopf reichte in den Nacken. Vorn hingen die Locken bis zu den Augen.

Werner Pohl konnte nicht ahnen, daß die Haarpracht künstlich war, nämlich aus angeklebtem Bart und Perücke bestand. Dahinter verbarg sich der Terrorist Sascha Krügler.

Mit einem Blick auf die andere Maschine stellte der fest, daß sein Kumpel Norbert Krussmann schon da war. Er folgte ihm ins Haus.

„Bin gespannt, wer jetzt kommt", sagte Werner Pohl zu seiner Frau. „Der mit dem weißen Helm oder der mit dem blauen?“

Mathilde prüfte die Feuchtigkeit des nächsten Wäschestücks, bevor sie mit dem heißen Bügeleisen loslegte.

Sofort roch das Zimmer wie eine menschen-gefüllte Straßenbahn bei Regenwetter.

„Ich wette, der blaue ist der nächste“, sagte Werner. Dann lachte er.

Eben donnerte ein weiß-behelmter Kradfahrer auf den Hof.

Das war der mit den Froschaugen. Werner mochte ihn noch weniger als die andern, was aber ein lupenreines Vorurteil war, denn er kannte weder ihn noch die übrigen. Geredet hatte er bisher nur mit einem – mit dem, der noch fehlte.

„Das neue Hemd ist am Kragen schon durchgescheuert“, sagte Mathilde.

„Was?“

„Du hast so ’nen stacheligen Bart. Daran liegt’s.“

„Die Stoffqualität ist nicht mehr wie früher. Alles geht schneller kaputt. Auch der Stumpen“, fügte er hinzu, „raucht sich schneller auf.“

Er beobachtete, wie der froschäugige Typ ins Haus schlurfte.

Abgesehen von seinen Froschaugen sah der wirklich nach nichts aus. Ein Gesicht zum Vergessen!

Der mit dem blauen Helm kam zuletzt.

Er fuhr die schwerste Maschine. Auf der hing er, als hätte er 1000 Meilen hinter sich. Als er abstieg, schwang er das abgespreizte Bein wie ein Hund, wenn Baum oder Hausecke markiert werden.

Werner überlegte, wer ihm unsympathischer war: dieser oder der Froschäugige?

Der Typ nahm seinen Helm ab und strich mit der Hand über das ölige Flachhaar. Es war dunkel und dünn, außerdem streng an den Schädel geklebt. Was für ein Schädel! Eckig von jeder Seite, mit geradezu winzigen Ohren, aber einer zinkigen Nase, die wie eine Beilklinge in die Landschaft ragte. Figürlich war der Mensch etwas über durchwachsenem Mittelmaß, die Haltung straff und gerade.

Er marschierte ins Haus.

„Bei denen würde ich gern mal Mäuschen sein", meinte Werner.

Er hätte gestaunt.

Was sich in Ko-Wo 1 abspielte, war eine Lagebesprechung sehr ernster Natur.

Als Claus Dreier, der Boss mit dem Quadratschädel, den mittleren Raum betrat, fläzten sich die andern am Tisch: Sascha Krügler, Norbert Krussmann und Helmut Günthagen.

Jeder hatte bereits zwei Bier intus, Helmut Günthagen, auch Scampi genannt, war beim dritten.

„Hallo, Leute!" Dreiers Stimme klang vollmundig, als wäre seine Zunge mindestens doppelt so dick wie eine normale. „Also alle pünktlich gewesen? Gut, gut! Wo ist mein Bier?"

Die geöffnete Flasche stand am Kopfende des Tisches. Dieser Platz war für ihn, den Chef, reserviert.

Er zog die Lederjacke aus und ließ sich nieder. Auch beim Sitzen spreizte er die Beine ab, als wäre er gestiefelt und gespornt bis an die Rippen.

„Punkt eins der Tagesordnung", verkündete er nach einem Schluck aus der Flasche: „der leitende Redakteur Gunter Rehm. Nebenbei gesagt, eine Sauerei, Sascha, diese deine Nachlässigkeit. Nun gut, die codierten Unterlagen sind wieder in unserer Hand. Jetzt bleibt abzuwarten, ob Rehm was unternimmt."

„Was er heute im Tageblatt veröffentlicht hat", sagte Sascha, „ist doch in unserem Sinn. Die ganze Stadt spricht jetzt vom Geheimbund Totenkopf. Nicht nur die Stadt! Daß wir die Minister auf der Abschlußliste haben, ist ein ... Anliegen von höchstem Interesse." Er lachte scheppernd. „Sieben Staatsbegräbnisse auf einmal – welche Regierung will das ?"

„In gewisser Weise richtig", nickte Dreier. „Man spricht von uns. Angst geht um. Das bringt uns unseren Zielen näher. Aber vielleicht gebrauchst du auch mal dein Gehirn. Rehm hat doch behauptet, sie hätten den Code nicht geknackt. Richtig?"

Alle nickten.

„Aber", fuhr Dreier fort, „wie bezeichnet er uns in seinem Blatt? Geheimbund Totenkopf. Na also!"

Als erster pfiff Helmut Günthagen durch die Zähne.

Sascha und Krussmann pfiffen anschließend im Duett (*zweistimmig*).

Dreier reichte die Erklärung nach, obwohl alle kapiert hatten.

„Kein Aas", sagte er über seine Beefsteak-Zunge, „kannte vorher die Bezeichnung unserer Organisation. Wo ist das nachzulesen? In unseren Geheimpapieren. Da heißt es in der ersten Zeile: Wir, der Geheimbund Totenkopf, haben beschlossen ... Also? Nur daher kann Rehm es haben."

„Das heißt, sie haben den Code geknackt", stellte Norbert Krussmann fest.

„Und sie konnten zumindest die erste Zeile übersetzen", merkte Helmut Günthagen, der Scampi, an.

„Hoffen wir, daß sie nur das ins Hochdeutsch übertragen haben", nickte Dreier. „Die Wahrscheinlichkeit spricht dafür, denn die Zeit war lausig kurz. Es sei denn, sie haben Fotokopien angefertigt und dann nächtens als codeknackende Übersetzer geackert. Aber das glaube ich nicht, denn wegen des Mädchens standen sie voll auf dem Schlauch. Außerdem ist dieser Rehm nicht hirnamputiert. Wollte er uns an die Karre fahren, würde er sich nicht mit solcher Sorglosigkeit verraten. Unsere Drohung, meine ich, ist voll wirksam. Er weiß, daß seine Familie und die Conradis ausgelöscht werden, wenn die Bullen uns zu nahe kommen. Jawohl, das hat er begriffen. Und so wahr ich hier Bier trinke – wir werden uns daran halten. Sollten wir Schwierigkeiten kriegen, schlagen wir sofort zu. Sofort! Ist dazu noch was zu sagen?"

Keiner meldete sich zu Wort. Wenn es ums Zuschlagen ging, waren alle sich einig.

„Punkt zwei der Tagesordnung", fuhr Dreier fort; „deine Freundin Jutta Finke."

Er sah Norbert Krussmann an.

Dem bereitete Unbehagen ein empfindliches Sitzfleisch. Jedenfalls wetzte er auf dem Stuhl hin und her, als hätte er Sonnenbrand am Allerwertesten.

„Du hast mir am Telefon gesagt, daß da Zoff im Verzug ist", Dreier nahm einen Schluck Bier. „Nun berichte mal ausführlich."

Krussmann hüstelte sich die Kehle frei, ließ raus, was er von Menke wußte und begleitete das alles mit häufigem Achselzukken, was wohl heißen sollte: Blöde Lage! Aber ich kann nichts dafür.

„Bodenloser Leichtsinn!" urteilte Dreier mit dicker Zunge. „Es hätte nie dazu kommen dürfen, daß deine Freundin dich belauscht. Soweit darf das Vertrauen nicht gehen! Klar?"

Krussmann nickte. „Ja, schon. Aber ... Jutta verrät mich nicht. Nie!"

„Wollen wir's hoffen."

„Und ansonsten kann mir überhaupt nichts passieren. Mit ihrem Unfall habe ich nichts zu tun."

„Hoffentlich begreift das der Bulle." Dreier meinte Kommissar Menke.

„Muß er. Sobald mein Wagen untersucht ist, stehe ich als Unschuldsengel da."

„Wird deine Freundin durchkommen?"

„Scheint so. Wäre auch schade, wenn nicht. Jedenfalls, sobald sie ansprechbar ist, mache ich ihr klar, sie hätte das alles falsch verstanden. Ich wäre nur so am Rande bei euch beteiligt gewesen – und jetzt überhaupt nicht mehr. Das schluckt sie. Und dann sehen wir weiter."

Eine Weile dachten alle darüber nach.

Notfalls, das erwogen Sascha, Helmut Günthagen und Dreier, notfalls könnte man sie liquidieren (*auslöschen*). Falls sie sich bockbeinig stellte und zum Risiko wurde.

Aber keiner sprach's aus; und jede Miene war so voll von braver Harmlosigkeit – wie man's sonst nur bei Politikern sieht, die vor einem Untersuchungs-Ausschuß aussagen.

„Nächster Punkt!" Dreier überlegte, ob das der dritte oder bereits der vierte war. Weil er's nicht genau wußte, vermied er die Numerierung. „Die Aktionen."

Alle nickten.

„Die sieben Minister", nuschelte er, „sind gewarnt. Jetzt planen die Terroristen anders, wird jeder denken. Hahahah! Ich sage euch: Nun gerade! Die sieben und keine anderen! Infolge der Warnung, der öffentlichen, werden sie sich verhältnismäßig sicher fühlen. Das hilft uns. Außerdem: Mehr als sie jetzt bewacht werden, kann man sie auch künftig nicht bewachen. Sonst müßten sie gleich zu Hause bleiben und der Öffentlichkeit fern. Richtig?"

„Völlig", klang es dreistimmig zurück.

„Unser lieber Freund und Feuerwerker Meffert hat sieben Bomben gebaut. Sie sind fertig, wie er mir fernmündlich mitteilte. Außerdem – als Reserve für alle Fälle – bastelt er eine Autobombe zusammen. Die ist noch nicht fertig."

Er unterließ es, hinzuzufügen, daß er auch das fernmündlich erfahren hatte. Schließlich ergibt sich sowas von selbst.

„Ihr zwei", er deutete mit gestrecktem Zeigefinger auf Sascha und Krussmann, „holt die Bomben ab. Erstmal die sieben – und bringt sie mir. Klar?"

„Wann?" fragte Sascha.

„Heute nacht. Sagen wir: zwischen 0.00 und 0.59 Uhr. Da habt ihr Spielraum, sozusagen Gleitzeit (*gleitende Arbeitszeit*). Da ich das neue Haus ausschließlich mit mir selber bewohne, also allein, ist das ein verdammt guter Ort, um die Bomben zu verstecken. Bis sie gebraucht werden."

Darauf hoben alle die Flaschen. Sie wurden geleert, bis einigen der Bierschaum aus den Lefzen quoll.

Dreier bemühte sich, rund um seinen Gesichtszinken ein teuflisches Lächeln auszubreiten.

Im Augenbl
interessiert si
niemand.
für den
Darm-
zotten.

„Außerdem“, tat er kund, „habe ich eine Idee. Der Stumpenschmaucher von drüben“, er wies mit dem Daumen über die Schulter, „hat mich darauf gebracht.“

Die drei verstanden nur Bahnhof, hoben aber interessiert die Lider und äugten ihn an.

„Ich meine den U-Bahn-Streckenläufer Werner Pohl“, erklärte Dreier. „Dieser Mensch radelt, wie er mir erzählt hat, täglich 15 Kilometer ab. Zu Fuß. Und zwar auf den Gleisen der Untergrundbahn. Seine Aufgabe ist, alles zu überprüfen. Ob die Schienen noch da sind, oder ob ein Schrotthändler sie mitgenommen hat. Hahahah! Also echt, um die Schrauben geht's, um Gleisschwellen, um gebrochene Schienen – ob irgendwo was locker ist unter Tage.“

„Und?“ fragte Scampi.

„Während der Hauptverkehrszeit lassen wir im U-Bahn-Tunnel eine Bombe hoch. Vielleicht die Autobombe. Oder so. Stellt euch vor: Ein Zug voller abgeschlaffter Bürotypen und Arbeitnehmer entgleist. Riesig wäre das, sage ich euch. Die Welt würde aufhorchen.“

„Mit sämtlichen Ohren“, nickte Sascha.

„Sage ich doch.“

Wieder dachten die andern nach.

In diese Spätvormittags-Stille drang ein bedrohliches Knurren.

Es kam unter Helmut Günthagens Pullover hervor.

Grinsend drückte er eine Hand auf den Nabel.

„Habe noch nichts gegessen“, entschuldigte er sich. „Sobald meine Darmzotten tiefhängen, knurrt der Magen. Ist immer so. Nachher fülle ich mich ab.“ Er zwinkerte Sascha zu. „In dem Bistro, das ich dir gestern gezeigt habe.“

„Im Augenblick“, sagte Dreier, „interessiert sich niemand für deine Darmzotten. Und Sascha wird gefälligst in Ko-Wo 4 bleiben und sich nicht in Bistros rumtreiben. Sein Gesicht ist so enorm aktuell (*zur Zeit interessant*), daß es der helle Wahnsinn wäre.“

„Jaja, ich bleibe in Ko-Wo 4", meinte Sascha. „Völlig allein mit zwei leeren Räumen. Stellt euch das nicht als Vergnügen vor."

„Du hast doch den Fernsehapparat", feixte Helmut. „Was willst du mehr?"

„Lieber käme ich ins Bistro mit." Sascha grinste. „Wie ich dich kenne, wirst du dir Scampis reinziehen."

Helmut Günthagen nickte, und wieder knurrte sein Magen.

17. Viele, viele Helmuts

Was Krussmann betraf, war ihre Beschattung zunächst mal gescheitert.

Bedauerlich! Aber deshalb entstanden ihnen keine Depressis (*Traurigkeitszustände*). Ein Super-Paar wie Locke und Tom kennt sowas gar nicht.

Sie standen noch immer in der Eichborn-Straße, äugten ins graue Tageslicht und überlegten.

„Eigentlich können wir uns hier verpieseln“, sagte Tom. „Wer weiß, wann Krussmann zurückkommt. Gehn wir doch in den Eissalon! Ich lade dich zum Espresso ein.“

„Capuccino (*Milchkaffee*)“, sagte Locke, „wäre mir lieber.“

„Was du willst, Liebste. Es ist ja derselbe Preis.“

„Raffzahn, du wirst gefälligst den letzten Pfennig für mich locker machen!“

Er lachte und legte den Arm um sie. Einträchtig schlurften sie zum Gertruden-Platz, wo vor dem Eissalon ihre – motorverstärkten – Zweiräder parkten. Auf Toms Sitz hatte sich eine Taube niedergelassen, aber bis jetzt völlig dicht verhalten. Keine Spur von Vogeldreck!

„Hah!“ rief Tom. „Schnipp, schnipp! Die Idee! Ja, das ist es.“

„Beherrsch dich!“ funkelte Locke ihn an. „Siehst du nicht, wie erschreckt die arme Taube auffliegt. Schrei gefälligst leise! Die Taube heißt zwar Taube, ist aber nicht taub.“

„Helmut, der Scampi!“ flüsterte Tom.

„Wie bitte? Sprich vernehmlich!“

„Locke-Schatz! Wie ich dir erzählte, entsinnt sich Bernhardine Pütz, die ehemalige Haushälterin bei Dr. Krügler, nur daran, daß Saschas zweiter Freund ein unattraktiver (*unansehnlicher*), froschäugiger Typ ist. Aber sie weiß seinen Vornamen: Helmut. Und seinen Spitznamen: Scampi. Ist doch 'ne Menge. Damit nehmen wir die Spur auf.“

„Na gut“, seufzte Locke, „aber erklär mir das bei meinem Capuccino. Bin jetzt innerlich darauf eingestellt.“

„Dazu haben wir jetzt keine Zeit mehr. Wir müssen zu dir oder zu mir. Jedenfalls zu einem Telefon, mit dem wir ein paar hundert Ortsgespräche machen können."

Zweifelnd sah sie ihn an. „Erstmal, Engelbert, ist das eine ganz miese Tour: einladen, den großen Gastgeber raushängen lassen und gleich wieder ausladen. Zweitens habe ich mich wohl verhört. Wie oft willst du fernsprechen?"

„Das hängt von der Beliebtheit des Vornamens ab. Und was den Kaffee betrifft: Den können wir doch bei euch trinken, indem du uns einen machst."

„Das ist nicht dasselbe, du Lebenskünstler. Nicht mal derselbe Preis."

„Locke!" beschwor er sie. „Wir brauchen viel Zeit. Denn ich denke mir das so: Wir gehen das Telefonbuch durch. Es hat nur 2000 Seiten. Wir suchen alle raus, die mit Vornamen Helmut heißen. Sind nicht sehr viele. Bestimmt nicht. Der Name ist völlig out. In sind: Christian, Sebastian, Daniel, Dennis, Michael, Alexander, Florian, Jan, Benjamin ..."

„Engelbert", unterbrach sie ihn.

„Nee. Der nicht. War's noch nie und wird's auch nie werden. Aber dieses Schicksal ertrage ich. Also, wir fischen alle Helmuts aus dem Verzeichnis und rufen sie an."

„Einmalige Idee! Fühlst du dich fiebrig? Siehst du kleine grüne Männchen?"

Er grinste. „Und jeden Helmut fragen wir."

„Natürlich. Ob er Terrorist ist. Und wenn er sagt, nein, bin ich nicht, wenden wir uns an den nächsten Helmut."

„Ich werde nicht das fragen, sondern ihn anreden mit: Hallo, Scampi, wie geht's denn so? Die meisten werden befremdet reagieren. Aber einer ist drunter, der springt auf seinen Spitznamen an. Und der ist es. Dann haben wir die nächste Spur."

Locke dachte nach. „Ziemlich mühevoll. Es könnte der 789. Helmut sein."

„Wetten, daß es soviele nicht sind. Es gab zuviele Politiker, die Helmut hießen. Sowas zehrt irre an der Beliebtheit eines

Namens. Welche Eltern mit Verstand und Niveau würden sich getrauen, ihren männlichen Nachwuchs damit zu belasten."

„Spinner!"

Tom grinste. „Sollst sehen, meine Überlegung ist richtig."

„Und wie, meinst du, wird Helmut, der Scampi, reagieren?"

„Befremdet, wenn er's nicht ist. Andernfalls wird er vielleicht sagen: Wer ist denn da? Kennen wir uns? Oder: Hallo, Adolf, bist du's? Oder er schweigt mich an, drohend. Ehrlich: Wenn wir den richtigen vor uns haben, werden wir's merken."

„Also dann", seufzte Locke.

Was die Telefonrechnung betraf, machten sie sich keine Gedanken.

Daß sie ins Haus Rehm fuhren, geschah mehr oder weniger zufällig. Lockes Adresse lag im Augenblick näher. Außerdem bestand Gewißheit, daß sie hier ungestört blieben. Nicht so bei Tom, wo Helga jederzeit aufkreuzen konnte – um dann unbequeme Fragen zu stellen, was ja Elternteile manchmal an sich haben.

Während Locke bereits die erste A-Spalte des dickleibigen Telefonbuchs untersuchte, mußte Tom sich in der Küche um den Kaffee kümmern.

Locke fand nur einen Helmut. Hochgerechnet aufs ganze Buch war das viel.

Tom rief ihn an.

Ein Mann meldete sich und nuschelte seinen Nachnamen, der mit A begann, in den Hörer.

„Hallo, Scampi!" rief Tom fröhlich, wobei er sehr deutlich sprach. „Wie geht's dir, Scampi?"

„Häh?" fragte Helmut. „Was ist?"

„Alter Freund, erkennst du meine Stimme nicht. Oder hörst du nicht mehr auf deinen Spitznamen Scampi?"

„Hier sind Sie an der falschen Adresse", sagte Helmut 1 und legte auf.

„Der war's nicht", stellte Tom fest.

„Vielleicht doch. Und er tut nur so unschuldig. Wir könnten

das diskutieren (*sprachlich rumstreiten*), dann wäre dieses blöde Tun nicht so eintönig."

„Bitte, bleib ernsthaft!" Er nippte an seinem Espresso.

„Ich bemühe mich."

Helmut 2 bis 11 waren Pleiten.

Fortan achtete Locke nicht mehr auf Nachnamen und Adressen, sondern fuhr nur mit dem Finger die Spalten entlang, bis wieder ein Helmut aufgespießt war.

„... 6 7 4 4 2 7 5 ...", diktierte sie.

Unter den nächsten zehn erreichten sie ein Bestattungsinstitut. Jener Helmut verhielt sich äußerst pikiert (*beleidigt*), als er mit Scampi angeredet wurde.

Ein anderer Helmut war Rechtsanwalt und blaffte sofort: „Wenn Sie beleidigend werden, sehen wir uns wieder vor Gericht."

„Was haben Sie gegen Scampis?" fragte Tom und unterbrach das Gespräch.

Bei einem weiteren Helmut wechselte er die Worte etwas, weil ihm der ‚Hallo, Scampi-Spruch' inzwischen zu glatt von der Lippe kam.

„Na, Scampi?" gähnte er in den Hörer. „Was ist?"

Stille. Dann: „Bist du's, Jaco? Kannst Scampi vergessen. Der wird zurückgehalten, daß ihm die Hufe rosten. Setz auf Sonnenkönig! Im vierten Rennen. Der gewinnt. Aber das weißt du nicht von mir. Jaco? Hallo, Jaco!!! Verdammt!"

Und schon war die Verbindung unterbrochen.

„Pferdewetten!" murmelte Tom und hob müde die Lider. „Mit Schiebung. Zur Zeit interessiert uns das nicht. Himmel, wie kann ein Pferd Scampi heißen?"

„Vielleicht läuft es rückwärts", meinte Locke. „Die kleinen Krebse tun das auch. Ist dir aufgefallen, daß deine Stimme der eines gewissen Jaco ähnelt, welcher ein Ganove ist."

„Wie will dieser Helmut das beurteilen – nach dreieinhalb Worten von mir?"

Sie verdrehte die Glutaugen himmelwärts. „Ehrlich, Tom:

Deine Idee geht mir auf den Geist. Kann den Namen Helmut nicht mehr hören und werde nie wieder Scampi essen."

„Hm, hm. Ich glaube auch, es ist etwas langwierig."

„Rufen wir zur Abwechslung mal den Kommissar Menke an. Der freut sich riesig, wenn er unsere frischen Stimmen hört. Vielleicht entsteht ein intelligentes Gespräch."

„Also gut."

Er wählte die Nummer, die ihm diktiert wurde. Es war die mit Durchwahl zum Menkeschen Schreibtisch. Deshalb war auch gleich der Kommissar an der Strippe.

„Menke."

„Hallo, Scampi! Wie ... Ach, Entschuldigung, Herr Kommissar", fiel Tom sich selbst ins Wort. „Ich habe noch die falsche Platte drauf. Hier ist Tom. Und neben mir Locke. Da Sie uns solange nicht gesehen haben, wollen wir uns in Erinnerung bringen."

Der Kommissar grunzte, gab dann ein saugendes Geräusch von sich, als hole er eine Fleischfaser zwischen den Zähnen hervor.

„Ihr wollt natürlich wissen, was die Untersuchung von Krussmanns rotem Wagen ergeben hat. Da seid ihr zu früh dran. Hexen können meine Leute nicht. Im übrigen werden wir den Wagen gar nicht untersuchen, sondern gleich wieder zurückbringen."

„Wie das?" rief Tom.

Locke, die zum Mithören dicht neben ihm war, schüttelte ihre Knistermähne.

„Weil er durch irgendwas entlastet ist, du Hirni!" flüsterte sie. „Logo!"

Menke hörte das.

„Richtig, Locke!" bestätigte er. „Gerade eben nämlich, als wir mit der Untersuchung anfangen wollten, rief mein Freund an, Oberkommissar Puckhöfer, dem ich die Infos über den Unfall Jutta Finke verdanke. Ein Unfall war's nämlich wirklich. Vorhin hat sich der Täter bei der Landpolizei gemeldet, ein gewisser Dieter Ott aus Brasshausen. War betrunken, hat das arme Mädchen nachts zusammengefahren und ist dann geflüchtet. Sein Gewissen läßt ihm keine Ruhe. Deshalb ist er gekommen – samt seinem roten Wagen."

„Ah!" meinte Tom. Es klang enttäuscht.

„Tja", sagte Menke. „Ich halte den Krussmann auch nicht für einen Chorknaben. Aber jetzt steht er wieder blütenweiß da. Das ist nun mal Tatsache."

„Und sonst?" fragte Tom.

„Willst du wissen, wie das Wetter wird?"

Tom lachte. „Falls uns zufällig ein Geheimbündler mit 'nem Totenkopf vor die Füße fällt – ehrlich, Sie kriegen ihn als erster."

„Da bin ich aber froh", meinte Menke. „Tschüs, ihr Nervtöter."

Eine Weile saßen sie dicht nebeneinander, und Tom stellte fest, daß das mindestens so angenehm war wie die Jagd auf Terroristen.

„Ich habe das Gefühl", sagte Locke, „daß wir nicht so richtig vorankommen."

„Du liegst wiedermal richtig. Das muß weiblicher Instinkt sein."

„Weil wir in letzter Zeit so wenig telefoniert haben, könnten wir doch mal jemanden anrufen. Zum Beispiel die dir bekannte Haushälterin Dackeline Pütz."

„Nicht Dackeline, sondern Bernhardine! Weshalb soll ich sie ... Du meinst, man müßte sie nerven, damit ihr zu Helmut, dem Scampi, endlich der Nachname einfällt."

„Eigentlich wäre das der kürzeste Weg zum Ziel. Vielleicht hilfst du ihr. War's ein Name mit Ahhhh, mit Beeee, mit ..."

„Danke, Schatz! Ich kann das Alphabet fast fehlerfrei aufsagen. Gut! Also ran an die Pütz!"

Sie meldete sich mit glockenheller Stimme und schien überaus erfreut darüber, daß ‚Kommissar Conradi' schon wieder ihren Beistand benötigte.

„... muß ich nochmal auf Sascha Krüglers zweiten Freund zurückkommen, Frau Pütz, diesen Helmut ...“

„... Günthagen“, unterbrach sie ihn.

„Wie bitte?“

„Er heißt Helmut Günthagen. Inzwischen ist es mir eingefallen. Ganz komisch war das. Auf einer Nudelpackung stand der Name. Der Name der Herstellerfirma, natürlich. Mit dem Gesuchten hat das bestimmt nichts zu tun. Aber als ich den Namen las, da wußte ich's wieder. Sofort habe ich dann Herrn Albrecht angerufen. Das wissen Sie ja.“

Das wisse er noch nicht, sagte Tom, denn er sei nicht bei Albrecht, sondern rufe von unterwegs an.

„Also Helmut Günthagen, der Scampi?“ vergewisserte er sich. „Der unhübsche Mensch mit den Froschaugen.“

„Richtig, Herr Kommissar.“

Tom bedankte sich herzlich.

Als er aufgelegt hatte, strahlten er und Locke sich an.

„Beinahe, Locke-Liebling, hätten wir alle 789 Helmuts ans Rohr geholt. Und dann kommst du mit deiner Idee des Nächstliegenden – und schon klappt's. Wie machst du das?“

„Es muß weiblicher Instinkt sein“, lächelte sie.

18. Briefbote aus Dankbarkeit

Noch waren die Nächte kalt.

Nante, der Stadt- und Landstreicher, nieste schon den ganzen Tag. Seiner Schnapsidee verdankte er die Erkältung. Zum Henker, wie blöd von ihm, die wärmenden Häuserblocks und die abgaslaue Luft der Großstadt zu verlassen. Nur weil ihm Präpl, der Einarmige, vom Landleben vorgeschwärmt hatte.

Mit einem geklauten Fahrrad hatte Nante sich vorige Woche – oder war's länger her? – auf den Weg gemacht. Bis Brasshausen war er gekommen. Hier hatte ihm, als er sich im Postamt aufwärmte, irgendein verdammter Dieb den Drahtesel geklaut. Und seitdem saß er fest.

Null Mark in der Tasche. Nichts zu beißen. Und mit Betteln ging hier fast gar nichts.

Nante, der eigentlich Ferdinand Dräumagen hieß, sehnte sich in die Großstadt zurück. Dort kannte er sein Revier und die anderen Penner. Dort wußte er, wie seinesgleichen sich verhalten mußte, um satt durchs Jahr zu kommen.

100 Kilometer trennten ihn von der Heimat. Zu Fuß? Na gut, dachte er, dann eben zu Fuß. Morgen tippele ich los.

Daß er per Anhalter Glück hatte, war ausgeschlossen.

Verwanzt sah er aus – wie der letzte Kanalröhren-Bewohner.

Nur ein Blinder, der zudem nichts riecht, hätte ihn mitgenommen. Aber welcher Blinde fährt Auto?

Mit der Bahn, Tod und Teufel, ja, mit der Bahn würde er fahren, wenn er das Geld dazu hätte. Geld war nötig. Als Schwarzfahrer hatten sie ihn gleich am Kragen. In den Triebwagen, die ab hier stadtwärts rollten, war kein Verstecken.

Also Geld! Aber woher nehmen, wenn's mit dem Stehlen nicht klappte? Nein, er würde die 100 Kilometer ablatschen müssen. Er wußte es, und das trieb ihm den kalten Schweiß auf die zerfurchte Stirn.

Es war später Vormittag, als er am Ufer der Zuffe entlangschlurfte.

Frischer Wind blies von vorn. Landluft. Brrrhhh!

Nante näherte sich der Brücke.

Die Böschung wurde steiler.

Seine Blicke suchten den Boden ab.

Manchmal warfen die bürgerlichen Verschwender die kostbarsten Dinge weg. 'ne volle Flasche Bier, zum Beispiel, oder einen Hamburger, der nur zwei-, dreimal angebissen war.

Nante beschloß, auch dicht bei der Brücke zu suchen.

Als er dort über die Böschung kroch, fand er die Handtasche.

Er schob sie unter seinen Mantel, in dem allerhand Getier nistete, kletterte zur Straße hinauf und sah sich nach allen Seiten um.

Niemand achtete auf ihn.

Hinter der Pension WALDESLUST setzte er sich auf eine Bank des Fremdenverkehrsvereins und untersuchte die Fundsache.

Hm, hm ... Die Umhängetasche einer Frau ... ziemlich neu ... lag wohl dort noch nicht lange ...

Er fand ein Seidentaschentuch mit den Initialen (*Anfangsbuchstaben*) JF, Kamm, Lippenstift, ein Portemonnaie mit etwas Münzgeld und eine Brieftasche. Sie enthielt Papiere auf den Namen Jutta Finke und – 1170 DM.

Nante hielt für fast eine Minute den Atem an.

Er zählte dreimal. Es wurde nicht weniger.

Als das Zittern seiner Hände nachließ, schickte er mehrere Dankesblicke gen Himmel.

Soviel Geld, das ihm da in die Hände fiel! Das konnte doch nur bedeuten: Er sollte es behalten.

Ein Lotto-Gewinn! dachte er und sah nochmal in die Tasche.

Unten lag ein Schlüssel mit Anhänger: Pension Waldeslust. Aha! Das war ja gleich dort.

Außerdem fand er den Brief.

Er war adressiert an einen Norbert Krussmann in der Stadt. In der Stadt? Und sogar in der Eichborn-Straße wohnte der

Mensch. Da kannte Nante sich aus. Beinahe wären ihm Tränen in die Glotzpöppl gestiegen. Vor lauter Rührung schniefte er und benutzte den Ärmel. Dann drehte er den Brief um.

Als Absender stand da nur: Jutta Finke.

Na schön, vielleicht war die so bekannt wie der Bundeskanzler oder die Nr. 1 der Hitparade – und jeder Briefträger wußte, wohin der Brief zurückzuschicken sei, falls Norbert Krussmann unbekannt verzogen war.

Nante überprüfte seine Taschen.

Unter dem Ungeziefer-Mantel trug er zwei Jacken, zwei Westen, und zwei Hosen. Unterwäsche selbstverständlich nicht.

In der zweiten – unteren – Hose fand er eine Tasche, die keine Löcher hatte. Dort verstaute er das Geld.

Den Brief schob er in die innere Manteltasche. Deren Löcher waren so klein – da konnte der Brief nicht durchrutschen.

Wie ein räudiger Fuchs auf Gänsejagd schnürte er an der Pension Waldeslust vorbei.

Als er sicher war, daß niemand ihn beobachtete, legte er Juttas Tasche vor die Tür.

Am Bahnhof löste er eine Fahrkarte zur Stadt: einfache Fahrt, zweiter Klasse. Am Kiosk erwarb er eine Flasche vom billigsten Schnaps und zwei Salami-Semmeln, die zwar in Zellophan eingewickelt waren, aber nichtsdestotrotz ein ehrwürdiges Alter erreicht hatten.

Als der Triebwagen einlief, war Nante schon high.

Trotzdem benahm er sich manierlich während der Fahrt zur Stadt. Er randalierte (*lärmen*) nicht, spuckte nur ganz unauffällig auf den Boden und verspeiste die Alt-Salami samt der Gummi-Brötchen.

Sein Herz war von tiefer Dankbarkeit erfüllt.

Den Brief, das hatte er beschlossen, würde er persönlich befördern. Ja, das war sicherer, als ihn der Post anzuvertrauen. Möglicherweise kam er auf diesem Weg überhaupt nicht an. Oder erst in zwei Wochen. Nein, den Gang zur Eichborn-Straße – den scheute er nicht. Damit wollte er dem Schicksal seine Dankbarkeit erweisen.

Persönlich wollte er den Brief in Norbert Krussmanns Briefkasten stecken.

19. Scampi mit Froschaugen

Helmut Günthagen, der Scampi, besaß Telefon. Also ließ sich seine Adresse im Handumdrehen feststellen.

Lockes Kirschaugen glänzten. Tom rieb seine wölfischen Zähne aufeinander.

„Dann ab in die Pampa, Locke-Liebling! Diesmal, das spüre ich, haben wir eine total heiße Fährte."

Zweifelnd wackelte Locke mit dem Kopf. „Kann aber auch sein, wir verplempern unsere Zeit. Was spricht denn gegen Günthagen? Eigentlich nur, daß er mal mit Sascha befreundet war."

„Ist doch schlimm genug. Wie sagt der oberschlaue Dichter aus alter Zeit? Sage mir, mit wem du umgehst, und ich sage dir, wer du bist. So oder so ähnlich heißt es."

„Das bedeutet also: Man verrät sich durch seinen Umgang. Hm, Engelbert, dann wird es Zeit für mich, dich zu meiden."

„Mach's doch wie ich! Nämlich so: Als ich über genau dieses Problem nachdachte, sagte ich mir: Egal, was die Leute denken. Ich laß mich auch künftig mit Nina Rehm in der Öffentlichkeit sehen. Mich interessiert's nicht, wofür man mich hält."

„Hah! Erst durch mich wirst du gesellschaftsfähig. Auf den Knien mußt du mir danken für diese Aufwertung."

Er dankte ihr auf andere Weise, und zwar mit einem Bussi. Dann strichen sie die Segel, schlossen das Haus ab und düsten zum Jäger-Weg, wo Helmut Günthagen wohnte.

Von ‚Weg' konnte hier keine Rede sein. Die Bezeichnung war irreführend. Es handelte sich um eine stadtauswärts führende Straße, die mehrfach ihr Gesicht wechselte.

Am Anfang standen sich schmucklose Wohnblöcke gegenüber; und das einzige Grün wurde beigesteuert von den Blumen- und Kakteentöpfen der Fensterbänke.

Je weiter die beiden rollten, um so mehr Einzelhäuser mit kleinen Gärten bestimmten das Bild. Hier und da war ein Tante-Emma-Laden eingestreut. Die Kaufleute mußten hart kämpfen fürs Überleben, denn die Super-Märkte rückten näher.

Günthagen wohnte in Nr. 122, einem Häuschen. Nebenan stand eine häßliche Fertigbau-Garage. Der Garten war klein und verwildert. Im Haus hatte höchstens eine vierköpfige Familie Platz. Wahrscheinlicher war, daß Günthagen allein lebte. Dafür sprachen die zotteligen Gardinen, der Krimskrams, der bei der Eingangstür rumlag, und die überquellende Mülltonne. Das alles sah nach schlampigem Junggesellen aus.

Sie rollerten langsam vorbei, schielten hinüber und verrieten nicht zuviel Interesse.

Tom passierte (*vorbeifahren*) als erster die Garageneinfahrt des nächsten Grundstücks. Er blickte geradeaus. Deshalb bemerkte er den Ball nicht, der in diesem Moment auf die Straße flog.

Locke kiekste einen Schrei in die Frühlingsluft. Aber es war schon zu spät. Der Ball – immerhin ein Fußball der Größe 5 aus abriebfestem Chromrindleder mit bester Eignung für Naßwetter und Hartplatz – dieser Ball prallte Tom seitlich an den Kopf. Peng!

Das kam überraschend.

Toms Motoresel schlingerte.

Tom kippte etwas zur Seite, fing sich aber, vermied den Sturz und hielt – nach minimaler Bremsstrecke.

Während er abstieg, rieb er sich mit einer Hand übers Ohr. Der Ball kullerte zurück und blieb liegen am Rinnstein.

Tom wandte sich zur Einfahrt, wo ein Junge auftauchte. Er mochte zwölf sein und trug einen Trainingsanzug, der vermutlich seinem älteren Bruder gehörte. Das Kleidungsstück war erheblich zu groß.

„Tut mir leid!“ rief er. „War keine Absicht.“

Das glaube ich dir sogar, dachte Tom. Kennst mich ja gar nicht.

Trotzdem presste er Grimm in die Miene und Gewitterwolken auf die Stirn.

„Bist du noch zu retten? Das war ja ein Anschlag. Wohin kommen wir denn, Kurzer, wenn hier jeder rumkickt. Das ist eine Straße mit Autoverkehr. War reiner Zufall, daß eben kein Lastzug vorbei donnerte. Oder? Ja, und dann? Stell dir vor, du hättest meine Freundin an den Kopf getroffen. Mädchen vertragen nichts und fallen viel eher um. Vielleicht wäre sie einem Ferrari vor die Reifen gefallen."

Der Junge blickte betreten.

„Ich wollte es nicht", sagte er.

„Unfälle entstehen niemals in böser Absicht, sonst wären sie ja keine Unfälle, sondern Verbrechen. Unfälle entstehen durch Unachtsamkeit."

„Ich habe doch nur gegen die Wand gespielt und ein bißchen gedribbelt. Dabei ist er mir abgehauen."

Tom warf Locke einen Blick zu, schob seinen Roller auf die Raststütze und nahm den Ball.

Der Junge zog den Kopf ein, als Tom auf ihn zukam.

„Keine Sorge! Ich tu dir nichts. Wohnst du hier?"

Der Junge nickte. Er hieß Claus.

„Wir suchen einen gewissen Helmut Günthagen", sagte Tom. „Der soll hier irgendwo ein Haus haben."

„Gleich nebenan", rief Claus – und war froh, sich nützlich zu machen. „Die Hütte mit den kackbraunen Fensterläden. Aber ich glaube, er ist nicht da. Vorhin fuhr er mit seiner Maschine weg."

„Mit dem Motorrad? Nicht mit dem Wagen?"

„Er hat beides."

„Und seine Frau fährt mit dem Rad, wie?"

„Der hat keine Frau. Ist ein Single. Bist du mit ihm befreundet?"

Tom schüttelte den Kopf. „Dann wüßte ich ja über ihn Bescheid."

„Stimmt. Also, dann kann ich's sagen. Ich finde ihn zum Ausspucken. Ist ein ekliger Typ. Auch meine Eltern mögen ihn nicht."

„Aha! Weißt du, welchen Beruf er hat?"

„Mein Vater sagte mal, der Typ sei Vertreter. Weiß nicht,

wofür. Er ist viel unterwegs. Manchmal wirft er seinen Abfall übern Zaun in unseren Garten. Behauptet dann natürlich, er wäre es nicht gewesen. Einmal hat mein Vater eine ganze Nacht gewacht, um ihn dabei zu erwischen. Aber gerade in dieser Nacht hat er nichts rübergeworfen. Er ist der einzige in der Nachbarschaft, den meine kleine Schwester und ich nicht grüßen müssen. Sonst sind da meine Eltern sehr pingelig."

„Kannst ihm ja eine an den Nüschl donnern", meinte Tom und gab den Ball zurück.

Locke hatte zugehört, mit einem Fuß auf dem Bordstein.

Während Claus sich hinters Haus verzog, stieg Tom in den Sattel.

„Ich nehme an, Schatzi, du bist genau so stutzig geworden wie ich."

„Du meinst, weil Günthagen ein Motorrad hat und damit unterwegs ist, wo doch auch Norbert Krussmann mit seinem Feuerstuhl an uns vorbei gebraust ist. Ob sich die beiden – und vielleicht noch andere – irgendwo treffen?"

„Das wäre mal was neues: Terroristen auf Feuerstühlen."

„Hat Sascha eine Maschine?"

„Keine Ahnung. Wenn er eine hat, dann ist sie garantiert nicht auf seinen Namen zugelassen, und er fährt mit gefälschten oder geklauten Papieren."

Ein Stück entfernt befand sich eine Bushaltestelle. Die Straße war ausgebuchtet. Einige Leute standen wartend herum.

„Wenn wir uns dort postieren", meinte Tom, „fallen wir überhaupt nicht auf. Die Roller lassen wir ... ah, nicht nötig."

Mit wummerndem Motor näherte sich eine Maschine. Der Fahrer, ganz in schwarzes Leder gehüllt, trug einen weißen Helm. Vom Gesicht sah man nichts.

Es mußte Günthagen sein, denn er verlangsamte das Tempo, bog in die Garageneinfahrt des Nachbar-Grundstücks und hielt.

Das Pärchen sah, wie er die Garage öffnete und die Maschine hinein schob.

Bevor er ins Haus trat, nahm er den Helm ab. Für einen Moment zeigte er sein unhübsches Gesicht. Daß er vorstehende Glotzaugen hatte, war trotz der Entfernung zu sehen.

„So, jetzt kennen wir ihn", murmelte Tom. „Und damit, Locke-Schatz, beginnt nervtötende Arbeit: Beschattung. Vielleicht trifft er sich gleich heute mit einer verdächtigen Person. Vielleicht erst in einer Woche."

„Oder überhaupt nicht", ergänzte Locke, „falls er ein harmloser Zeitgenosse ist."

„Harmlos? Mit der Visage?"

„Als hätte das Aussehen was mit dem Charakter zu tun!"

„Hast recht", nickte er. „Bist das beste Beispiel dafür. Äußerlich eine bestrickende Schönheit und dann ..."

Grinsend hielt er inne.

„Nur weiter!" ermunterte sie ihn und strich über ihre geballte Rechte, die freilich sehr zart wirkte. „Es kostet dich nur drei Zähne."

„Dann versteige ich mich lieber zu der Behauptung, daß bei dir Äußeres und Charakter völlig gleichrangig sind."

„Schon besser. So, ich fahre jetzt zu irgendeinem hübschen Café. Du bleibst hier und beschattest."

„Tu mir das nicht an! Ohne dich, Locke-Schatz, langweile ich mich tödlich."

„Vielleicht komme ich zu deiner Beerdigung. Tröstet dich das?"

„Überhaupt nicht. Wollen wir nicht gemeinsam an der Haltestelle warten?"

Natürlich ließ sie sich erweichen.

Sie parkten ihre Roller an einem Gartenzaun.

Während sie – Hand in Hand oder seitlich umschlungen – am Bus-Stop herumlungerten, beobachtete mindestens einer von ihnen Günthagens Haus.

Zunächst tat sich dort nichts.

Ein Bus der Linie 18 kam.

Die beiden wandten sich ab.

Der Bus hielt trotzdem. Zwei alte Leutchen stiegen aus.

Auch den zweiten Bus ließ das Pärchen vorbei.

Gerade als Locke über die stumpfsinnige Beschattung nölen wollte, trat Günthagen aus dem Haus.

Ganz anders sah er jetzt aus, elegant in Schale mit Krawatte, flottem Hut und modischem Frühjahrsmantel.

Sie befürchteten, er würde den Wagen nehmen. Aber er verließ sich ganz auf seine Füße, schnürte in Richtung Innenstadt und schien wohlgelaunt.

„Vielleicht ist er auf Brautschau“, meinte Tom. „Oder er will ins Kino. Jetzt hängen wir uns dran an ihn. Natürlich mit Abstand.“

Eine Viertelstunde später wußten sie, weshalb er sich seiner Gehwerkzeuge bediente.

Offenbar wollte er sich Hunger machen, der ja nicht selten die Folge körperlicher Betätigung ist.

In einem unschönen Stadtbezirk, wo die Luft nach verdreckten Hinterhöfen roch, fand er sein Ziel.

BISTRO – nannte sich das Restaurant an der Ecke. Ein bunt bemaltes Holzschild hing über dem Eingang, eine Speisekarte im Schaukasten neben der Tür.

Hinter ihr verschwand Günthagen.

Das Pärchen hielt in Sichtweite.

„Wenn wir reingehen“, sagte Tom, „wird er auf uns aufmerksam. Nicht auf mich, aber garantiert auf dich. Wer könnte dich übersehen. Ich meine, das passt nicht in unsere Methode. Also enthalten wir uns der Nahrungsaufnahme oder des Bistro-Getränks und verweilen hier.“

„Und wenn er sich dort mit einer verdächtigen Person trifft?“

„Guter Einwand, Schatzi. In einer Viertelstunde werde ich mal kurz die Nase reinstecken. Gerade soweit, um zu sehen, ob er allein speist oder mit einem Verdächtigen. Bemerken darf und wird er mich nicht.“

Als Tom sich dann besagter Aufgabe entledigte, stellte er fest, daß Helmut Günthagen, der Scampi, ganz allein am Tisch saß.

Das Lokal war fast leer. Der Ober – ein französischer Typ drehte Däumchen. In der Durchreiche zur Küche – schräg neben dem Tresen – sah Tom für einen Moment den Koch, dessen totenbleiches Gesicht ihm auffiel. Es war so weiß wie die Kochmütze, die er trug.

20. Rattengift

„Warum denn nicht, Chef? Lassen Sie mich doch. Im Handumdrehen erledige ich das Biest."

Christian, der Kochlehrling, war 16 Jahre alt, aber noch ziemlich kindlich im Gemüt.

Er stand neben Karl-Friedrich Ohser, dem Küchenmeister.

Sie beide waren die Mannschaft in der Küche des Bistros – eine kleine Mannschaft, aber genug für das winzige Lokal.

Jetzt standen beide am Fenster und beobachteten die fette Ratte.

Das gewaltige Biest flitzte über den Hinterhof. Der nackte Schwanz schleppte hinterher. Sie verharrte bei den Mülltonnen, dann war sie verschwunden.

„Ich bin ein todsicherer Schütze, Chef. Ehrlich!" Christian nervte. „Für mich wäre es ein Klacks."

Täglich brachte Christian sein Kleinkaliber-Gewehr mit. Mochte der Teufel wissen, woher er das hatte. Ohser zweifelte daran, ob derJunge überhaupt berechtigt war, den Schießprügel zu besitzen.

Sicherlich, es war nur Kleinkaliber. Ein KK-Gewehr nur. Aber auch damit läßt sich Unheil anrichten.

Ohser schüttelte wie immer den Kopf.

„Hier wird nicht geschossen. Das wäre ja noch schöner."

Ohser trug eine hohe Kochmütze. Er war mittelgroß und hatte etwas Bauch angesetzt. Sein blasses Gesicht zeigte meistens einen müden Ausdruck. Daß er ein brillanter Koch war, sah man ihm wirklich nicht an.

„Dann müssen wir leben mit dem Vieh", meinte Christian patzig. „Die Köder nützen nichts."

Das stimmte. Fünf Köder, reichlich mit Rattengift angerichtet, hatte Ohser ausgelegt. Sie verschwanden. Aber die Ratte lebte. Was sie wohl mit den Ködern machte? Verschenkte sie die an Artgenossen? Oder war sie unempfindlich gegen das tödliche Gift?

„Kümmere dich um die Butterscheiben", sagte Ohser und schlurfte durch die Küche zur Durchreiche, wo eben Lucien, der Kellner, sichtbar wurde.

„Scampis provencialisch (*mit Knoblauch und Tomaten*)", bestellte er, „dazu eine Flasche Blanc de Blanc (*Weißwein*)."

Leise fügte er hinzu: „Für den Typ an Tisch 13. Spielt sich auf als großer Gourmet (*Feinschmecker*)."

Also ein neuer Gast, dachte Ohser. Keiner der Stammgäste.

Die Stammgäste überwogen im BISTRO. Seit Osher hier war, nahm es Aufschwung – mit einer kleinen, aber feinen Speisekarte.

Ein wenig machten ihm Arbeit und Leben wieder Spaß, nachdem er lange geglaubt hatte, es gehe nicht weiter. Dabei war Claudia betroffen, seine Frau. Nicht er.

Allmählich fasste auch sie wieder Lebensmut. Über den Berg war sie allerdings noch nicht, sondern immer noch anfällig für Trübsal und Verzweiflung. Besonders nachts, wenn sie nicht schlafen konnte und die Schmerzen sich einstellten.

Zwei Jahre war das jetzt her – seit alles Unglück begonnen hatte. Und immer noch liefen die Täter frei rum, die Terroristen. Besonders der eine, den er – Ohser – erkannt hatte.

„Scampis provencialisch, Blanc de Blanc", nickte er.

Dann beugte er sich, was er selten tat, in die Durchreiche, um einen Blick auf den Gast zu werfen.

Der Typ saß so, daß er ihn von vorn sah. Er knabberte am Fingernagel und starrte ins Leere.

Für mindestens fünf Sekunden unterbrach Ohsers Herz seine Tätigkeit. Dann begann es wie rasend zu hämmern.

Er war's: sein und Claudias Alptraum seit 700 Nächten. Im Grunde ein unauffälliger Typ: Doofgesicht mit Froschaugen, gut gekleidet, normale Figur. Ein Dutzendmensch. Deshalb war es auch so schwer gewesen, der Polizei eine brauchbare Beschreibung zu liefern – abgesehen von den Glotzaugen.

Und so war es damals passiert:

Claudia und er hatten sich nachmittags auf dem Heimweg

befunden, als sie an dem Wagen vorbei kamen, in dem die Bombe lag. Er, Ohser, trat unter die Kolonnaden. Das brachte ihn in Sicherheit, denn eine Steinsäule schirmte ihn ab.

Claudia war an einem Schaufenster stehengeblieben.

Als die Bombe explodierte, befand sich außer Claudia niemand in der Nähe.

Schaufenster wurden zertrümmert, parkende Wagen zerstört. Der Mann, der den Wagen abgestellt hatte, war längst um die nächste Ecke verschwunden. Aber Ohser hatte ihn bemerkt, als er ihnen beiden entgegen gekommen war: ein – abgesehen von seinen Froschaugen – unauffälliger Typ.

Ob die Bombe zu früh explodiert war, oder ob der Kerl die Zündung so eingestellt hatte, daß ihm nur eine Minute Vorsprung blieb – das ließ sich später nicht feststellen, war außerdem unerheblich.

Anfangs hatte Ohser seine Frau für tot gehalten. Er glaubte, sterben zu müssen, als er neben ihr kniete.

Aber sie lebte. Und die Ärzte erhielten ihr Leben. Nur das linke Bein konnten sie nicht retten. Es mußte amputiert werden, knapp unterhalb der Hüfte.

Am nächsten Tag bekannten sich irgendwelche Terroristen zu dem Anschlag. Es war Vergeltung für ... Ohser hatte es vergessen. Er und Claudia vergaßen alles, was damit zusammenhing. Nur nicht das Gesicht des Terroristen.

Christian schnitt Butterscheiben.

„Hol den Parmesan (*Käse*) aus dem Keller“, gebot Ohser.

Er wartete, bis Christian verschwand. Der Junge bummelte gern. Er würde doppelt so lange wie üblich brauchen, um den Käse zu bringen.

Ohser rannte über den Hof.

Selbstverständlich bewahrte er die Dose mit dem Rattengift, einem Pulver, nicht in der Küche auf. Sie befand sich in einem der Abstellräume.

Ja, er würde ihn töten. Ungeachtet der Folgen. Es gab keine andere Strafe. Nur der Tod befreite die Welt von diesem Wahnsinnigen. Nur sein Tod konnte bewirken, daß Claudia ihre Angst verlor.

Töten mit Rattengift. Wie würde es sein? Wirkte das Gift sofort? Starb der Kerl hier?

Ohser bereitete die Scampis. Wieder schickte er Christian in den Keller.

Er würzte reichlich, um den Geschmack, den das Gift vielleicht besaß, zu überdecken. Reichlich Rattengift verband sich mit der Sauce. Beinahe hätte Ohser abgeschmeckt, wie er es gewohnt war. Christian, inzwischen aus dem Keller zurück, blickte erstaunt, als der Küchenchef den Löffel fallen ließ.

Wie appetitlich alles angerichtet war!

Ohser spürte, wie ihm kalter Schweiß ausbrach. Sicherlich war sein Gesicht totenbleich. Aber das fiel seinen Mitarbeitern nicht auf. Lucien war daran gewöhnt, daß der Küchenmeister keinen Frohsinn ausstrahlte.

Christian machte sich keine Gedanken. Ihn interessierte nur die Ratte – und wie er endlich zum Schuß kommen konnte.

Der Gast, der das Schinken-Baguette verspeist und einen Kaffee getrunken hatte, bezahlte und ging.

Jetzt war nur noch der Terrorist im Restaurant. Mit sichtlichem Appetit machte er sich über die Scampis her. In der Weinflasche war nur noch ein Rest.

Ohser blickte durch die Durchreiche.

Wann wirkte das Gift? Wann brach der Kerl zusammen?

Ohser hätte gern zugesehen. Aber der Todgeweihte schien ungewöhnlich widerstandsfähig zu sein. Er verzehrte seine Mahlzeit, bezahlte und stand auf.

Zu Lucien, der ihm in den Mantel half, bemerkte er lobend: „Sagen Sie dem Küchenchef, es war ausgezeichnet. Und reservieren Sie mir für heute abend einen Einzeltisch. Sie haben doch geöffnet?“

„Bis Mitternacht, mein Herr.“ Lucien lächelte. Er war mit dem Trinkgeld zufrieden. „Ich kann denselben Tisch für Sie frei halten. Zu welcher Zeit wäre es Ihnen angenehm?“

„Sieben Uhr."

„19 Uhr. Sehr gern."

Günthagen verließ das Bistro.

Ohser starrte ihm nach, bis die Tür sich schloß.

Heute abend, dachte er, gibt's dich nicht mehr. Dann bist du längst tot. Um so besser für mich, wenn du zu Hause stirbst. Dann ist die Spur verweht – zwischen dir und dem Bistro.

21. Briefgeheimnis

Locke und Tom standen hinter der Litfaßsäule und beobachteten, wie Helmut Günthagen heimwärts schlurfte. Jedenfalls trat er den Rückweg an. Daß er nach Hause wollte, vermuteten sie. Aber noch war alles offen. Vielleicht bog er ab.

„Abgefüllt hat er sich bis zum modischen Kragen“, stellte Tom fest. „Und ganz trittsicher ist er nicht mehr. Schwankt ein bißchen, was? Der hat nicht nur für den Durst getrunken. Passt das zu einem Terroristen?“

„Glaubst du, die leben von Müsli und Wasser?“ Locke drückte sich den Helm auf die Haarpracht. „Verbrecher sind sicherlich in jeder Hinsicht halt- und maßlos, also auch anfällig, wenn der Alkoholteufel winkt.“

Sie ließen ihm Vorsprung, dann starteten sie ihre Krawallgeräte und fuhren hinterher.

Günthagen sockte tatsächlich zum Jäger-Weg, blieb mehrmals unterwegs stehen und ruckte am Hosengürtel.

„Hat sich wohl überfressen“, mutmaßte Tom.

Der Terrorist verschwand in seinem Haus. Das Pärchen stellten sich wieder bei der Bushaltestelle auf. Die Roller parkten in der Nähe. Der Bus der Linie 18 kam. Wieder wandten sie sich ab. Der Fahrer, der am Lenkrad saß, kannte sie bereits. Verständnislos glotzte er durch die Scheibe.

„Der fragt sich, worauf wir wohl warten“, kicherte Locke.

„Ist doch völlig klar: Auf unseren Erbonkel aus Chicago. Womit soll der ankommen – wenn nicht mit dem Bus?“

„Recht hast du. Womit sonst?“

Sie beobachteten Günthagens Haus. Nichts tat sich dort.

Auch Claus, der Kicker mit dem tollen Fußball, ließ sich nicht blicken. Entweder hatte er sich zu einem Bolzplatz begeben, oder er hing vor der Glotze.

Eine Stunde verging.

„Jetzt reicht's mir!“ erboste sich Locke. „Sind das vielleicht Osterferien? Hier rumhängen, sich die Beine kurzstehen und die Kniescheiben erkälten. Eine sinnentleerte Tätigkeit ist das, Engelbert. Einfach plemplem. Der Scampi pennt sicherlich, weil er heute frei hat. Ich vermute, er muß seinen Rausch ausschlafen. Es ist hirnrissig, hier zu verweilen. Beim nächsten Wiedersehen hält uns der Fahrer vom 18er-Bus für übergeschnappt. Und damit hätte er recht."

„Hm."

„Ich mache die Mücke, Engelbert. Du kannst ja noch Wache schieben."

„Möglicherweise hast du recht. Es bringt nichts. Ob Günthagen zu Hause ist – darüber können wir uns mit telefonischen Anfragen überzeugen. Also, putzen wir die Platte."

„Na also."

„Was nicht heißt, daß ich die Beschattung grundsätzlich abbreche."

„Jaja. Aber jetzt fahren wir."

„Was hältst du davon, wenn wir auf dem Rückweg durch die Eichborn-Straße düsen? Ist nur ein klitzekleiner Umweg."

„Und was willst du dort?"

„Mal einen Blick auf Krussmanns Maschine werfen, die da auf dem Hof steht. Günthagen fährt eine schwere japanische. Vielleicht hat Krussmann die gleiche."

„Und wenn! Was beweist das?" Locke schüttelte den Kopf. „Das gibt doch keinerlei Aufschluß. Oder meinst du, die Terroristen haben eine Sammelbestellung aufgegeben, damit sie die Feuerstühle mit Preisnachlaß kriegen?"

Tom grinste. „Ich weiß, daß dich Kunst und Geisteswissenschaft interessieren. Für Technik hast du nichts übrig. Du hast zwar gelernt, wo hinten und vorn ist bei deinem Mofa. Aber Feuerstühle mit einem Liter Hubraum sind dir böhmische Dörfer. Was ja kein bißchen schlimm ist. Deshalb versteh mein Gelaber bitte nicht als Kritik."

„Worauf, zum Teufel, willst du hinaus?" Auf die Zehen gereckt, starrte sie ihm in die Augen – in das grüne und das blaue, die gleichermaßen Unternehmungslust ausstrahlten.

„Vielleicht täusche ich mich. Aber mir ist so, als hätte ich vorhin was gesehen: als Günthagen mit seiner Maschine anrückte. Ich glaube, er hat den Bezintank bemalt – oder verschönern lassen. Mit 'nem grellbunten Kunstwerk."

Sie nickte. „Stimmt. Habe ich auch gesehen. Aber so eine Verzierung ist doch nichts besonderes. Macht ja fast jeder Krad-Pilot, der sein Maschinchen mehr liebt als sich selbst und die Umwelt."

„Trotzdem würde ich das Kunstwerk gern aus der Nähe sehen. Vielleicht entdecken wir dann das gleiche Symbol an Krussmanns Feuerstuhl."

„Der Gedanke ist gar nicht so abartig", nickte sie.

Sie blickten zum Haus.

Die Gardinen hingen müde hinter den Scheiben, hatten nichts als ihren Gilb und konnten sich kaum an die letzte Wäsche erinnern. Keine Bewegung im Stoff. Hielt sich Günthagen von den Fenstern fern? Oder flitzte er von einem zu anderen, um sofort zu bemerken, wenn sich jemand seiner Hütte näherte?

„Ich riskiere es einfach", sagte Tom. „Ich linse in die Garage. Erwischt er mich, behaupte ich, meine Katze wäre verschwunden. Wie oft wird so ein Weichpfoter versehentlich in 'ner Garage eingesperrt! Nur logisch, daß ich überall nachsehe. Bitte, warte!"

Er trabte los. Um seine Täuschung aufzubauen, tauchte er zunächst in die Einfahrt des Nachbar-Grundstücks, wo Claus geballt hatte.

Die Garage stand offen.

Tom starrte auf das Heck eines angejahrten Volvos und miaute mehrmals.

„Schnurri! Wo bist du?"

Niemand behelligte ihn. Auch nicht, als er Günthagens Garage nahe rückte.

War das Tor verschlossen? Nein. Es öffnete sich beinahe lautlos.

„Schnurri! Wo bist du?"

Tom schielte zum Haus. Dort rühte sich nichts. Vielleicht beging Günthagen eine Ein-Mann-Fete und hatte schon die zweite oder dritte Flasche entkorkt.

Die Ein-Liter-Maschine stand neben dem Wagen, einem Opel.

Während Tom lauthals miaute, pirschte er zu dem Motorrad. Und richtig! Auf beiden Seiten des Tanks war eine Art Emblem (*Kennzeichen*) angebracht. Es zeigte ein stilisiertes Motorrad, knallrot, das durch eine Flammenwand rast. Darüber stand halbkreisförmig: CLUB DER HEISSEN ÖFEN

Na, also!

Er schloß das Tor, lief zu Locke zurück und berichtete.

„Und jetzt zu Krussmann in die Eichborn-Straße!"

Sie gurkten los. Es war früher Nachmittag. Der Pulsschlag der großen Stadt erhöhte sich. Wer in der Mittagspause die Zeit versäumt hatte, hetzte an seinen Arbeitsplatz. Die Geschäfte öffneten wieder. Andere hatten gar nicht geschlossen. Die Schreibtischpenner in den Behörden gähnten noch mal und machten sich dann bereit für den Publikumsverkehr.

Die Eichborn-Straße war so wenig belebt wie heute morgen.

Wieder stellten sie ihre Fahrzeuge vor dem Eissalon ab. Als sie zu Krussmanns Adresse schlurften, fielen die ersten Tropfen eines niesligen Regens.

„Huch!" meinte Locke. „Da weicht ja mein ganzer Zuckerguß auf."

„Wir sind gleich da."

Das sah sie selbst. Nur noch eine Steinwurfweite. Sie wartete dort, wo sie heute morgen in Menkes Wagen eingestiegen waren. Tom lief zur Toreinfahrt. Dabei übersah er den Stadtstreicher, der sich eben von rechts nach links über die Fahrbahn schleppte – zerlumpt, kaputt, voller Läuse und Wanzen, ein Mensch von ganz unten.

Knapp wich Tom dem Zusammenprall aus. Den Penner hätte das in den Rinnstein geweht. Immerhin roch Tom, welcher Duft diesen hauptberuflichen Müßiggänger umgab: eine Smog-Wolke aus Schnaps, Schweiß und ungeputzten Zähnen.

Dann hatte er ihn vergessen, tauchte in die Hofeinfahrt und sah sich um in dem Mauern-Geviert.

Auch hier beanspruchte des Menschen liebstes Spielzeug den größten Teil der Grundfläche: fünf Autos parkten, teils neben-, teils voreinander.

Krussmanns Maschine stand in einer Ecke. Tom mußte nicht näher gehen, um das Emblem am Tank zu erkennen. Es war das gleiche wie an Günthagens Feuerstuhl.

Interessante Gemeinsamkeit, dachte er. Aber sie beweist noch gar nichts – jedenfalls nicht vor Gericht.

Er trottete zurück.

Als er aus der Einfahrt trat, sah er wieder den Penner.

Verstohlen, als hätte er eine Bombe in der Tasche, drückte sich der Typ vor Krussmanns Haustür herum. Er äugte nach rechts, nach links, verriet Heimlichkeit mit seiner Haltung und hatte eine Hand unterm Mantel versteckt.

Jetzt drehte er sich um.

Tom wandte den Kopf ab und tat, als würde er sich trollen.

Sekunden danach sah er abermals zu dem Penner hin. Der drehte ihm wieder den Rücken zu, tappte ein paar Schritte und zog die Hand hervor.

Sie hielt einen Brief.

Heh! dachte Tom. Ist das der reitende Bote? Bringt der die schriftliche Message (*Nachricht*)? Wird der von den Terror-Machern benutzt anstelle von Telefon und Post?

Mit lautlosen Schritten brachte er sich hinter den Typ. Der beäugte gerade die drei Briefkästen, die neben der Haustür angebracht waren. Aber ohne Lesebrille schaffte er das offenbar nicht. Oder war er des Lesens unkundig?

Bis auf Daumenlänge näherte er seine Glotzer den Namensschildern.

Tom räusperte sich.

Der Penner schreckte hoch und herum.

Und ob es den gibt.

„Kommen Sie nicht klar, Väterchen?“ erkundigte sich Tom und sah in das von Schnaps, Wind und Wetter zerfurchte Gesicht.

„Äh ... doch. Ich meine, nein. Eigentlich müßte er hier wohnen.“

„Wer denn?“

„Der.“ Er wedelte mit dem Brief. Die freie Hand tippte auf die Anschrift. „Den ... Brief ... äh ... habe ich nämlich gefunden. Nur den Brief. Keine Tasche. Nichts sonst. Und da dachte ich: Bringst ihn selbst vorbei.“

„An wen ist er gerichtet?“

„An Herrn Norbert Krussmann. Aber den gibt's hier nicht.“

„Und ob es den gibt“, grinste Tom. „Das bin nämlich ich. Besten Dank!“

Mit schnellem Grapsch pflückte er ihm den Brief aus der Hand. Gleichzeitig zog er sein Portemonnaie hervor und schüttelte den Taschengeld-Rest, etliche Münzen heraus.

„Vielen Dank, Herr Krussmann!“ nuschelte der Penner, steckte das Geld ein und machte eine Mücke – in auffälliger Hast.

Wenn du den Brief gefunden hast, dachte Tom, lasse ich mir einen Bart wachsen.

Er warf einen Blick auf die Briefkästen. Am unteren stand SCHULZ, am mittleren P. F. RATHENOW, am oberen – tatsächlich fehlte – das Namensschild. Es war aus dem Sichtfensterchen gerutscht und hinter dem Blech verschwunden. Nur noch eine Ecke sah hervor.

„Schlamperei, Herr Krussmann!“ Tom grinste und drehte den Brief um.

Jutta Finke – stand da als Absender. Sonst nichts.

Schock! Also doch gefunden? Oder?

„Bin völlig gebügelt, Schatze“, meinte er, als er zu Locke trat. „Da liegt dieses arme Wesen bewußtseins-fern, zusammengefahren und koma-tief im Krankenhaus – und hier taucht ihr Brief auf. Vermutlich hat sie den in Brasshausen verloren.

Samt ihrer Tasche. Menke erzählte doch, daß man bei der Verunfallten anfangs nichts fand, keine Papiere, kein Gepäck. Der Penner hat's auch ziemlich auffällig betont, daß er den Brief solo gefunden habe: Nur den Brief. Keine Tasche. Nichts sonst. Um so erstaunlicher, daß er ihn hergebracht hat."

„Öffnen dürfen wir ihn nicht", Locke senkte die Lider, bis Wimpernschatten auf die Wangen fiel. „Das Briefgeheimnis zu verletzen, ist strafbar."

„Wie wahr!" Tom zog einen Kugelschreiber hervor. „Es wäre verwerflich, wenn wir unsere Nase ins Briefgeheimnis steckten. Auf die Idee käme ich auch gar nicht."

Er schob den Kugelschreiber seitlich in den Schlitz der Klappe und rollerte vorsichtig an der Gummierung entlang.

„Daß der Brief schon offen war, Locke-Schatz, ist natürlich was anderes. Die Umschläge werden immer mieser. Ohne Tesa-Streifen hält nichts mehr. Sollte es sich um einen Liebesbrief handeln – oder ähnlich Belangloses, pappen wir das Kuvert wieder zu, übergeben es Krussmanns Briefkasten und wissen von nichts."

Er zog den Brief aus dem Umschlag und hielt ihn so, daß Locke mitlesen konnte.

Norbert, Liebling! Du bist sicherlich beunruhigt, weil ich mich vor Dir verstecke. Aber ...

Sie lasen. Danach sahen sie sich fassungslos an.

„Mir zittern die Knie bis an die Rippen", flüsterte Locke. „Das ist der Beweis. Krussmann gehört zum Geheimbund Totenkopf. Ein Terrorist."

„Phantastisch! Überbombig! Und ich geldschwacher Kragen habe dem Penner nur ein paar müde Münzen in die Griffel gedrückt. Eine Belohnung hätte er verdient, der Wolkenschieber der Regenbogen-Tippel-Fan."

„Zwei Belohnungen! Eine von uns – und Gunter. Und eine von Menke!"

„Du sagst es. Ab ins Präsidium! Das ist unsere Bürgerpflicht. Von unterwegs rufen wir Gunter an. Oder sollten wir Krussmann gleich mitnehmen – gefesselt und halbwegs vernehmungsfähig?“

„Nein. Laß die Polizei auch was machen. Nimm ihr nicht alles weg.“

Tom verwahrte den Brief in einer – reißverschluß-gesicherten – Innentasche seiner Windjacke. Dann stürmten sie zu den Rollern.

22. Der Boss wird nervös

Als Dreier, der Terroristen-Boss, den Gartenweg fegte – zwischen Haustür und Pforte –, sah er den Jungen. Er mochte zehn oder elf Jahre alt sein, trug eine rote Schildmütze und trottete am Zaun entlang.

Dreier hatte ihn noch nicht bemerkt in den vier Wochen, seit er hier wohnte. Die Gegend und das Haus waren nach seinem Geschmack. Unauffälliger ging es nicht. Und er achtete darauf, daß die anderen nur selten herkamen.

Daß der Junge ins Wildenauer Mauereck gehörte, wie die Straße hieß, war anzunehmen.

Das Wildenauer Mauereck ist eine Sackgasse unmittelbar an den Resten der Stadtmauer. Und zwar dort, wo die Mauer einen rechten Winkel bildet. Sechs Häuser schließen sich zu einer Mini-Siedlung zusammen. Drei berühren mit ihren Rückfronten die Südmauer, drei stehen gegenüber. Hinter denen verläuft der in ein Kanalbett gezwängte Fesselbach: mit einer Tiefe von immerhin 180–210 Zentimetern. Kurzum: Die Sechs-Häuser-Siedlung ist wie eine Insel inmitten der Großstadt, zugänglich nur von einer Seite, wo die Wildenauer Mauereck-Straße einen Hügel hinauf muß: Läppische zwölf Meter Höhenunterschied. Doch bei Glatteis im Winter schafft das nicht jeder Wagen.

Der Junge blieb stehen und blickte zu Dreier.

„Hallo Sie!“ meinte er mit einer Quetschstimme, als hätte er den Mund voller Gummibärchen. „Wohnen Sie hier? Ich heiße Thorsten.“

„Tag, Thorsten!“ nickte Dreier. Er nahm eine Hand vom Reiserbesen und strich über sein öliges Flachhaar. Die unkleidsame Frisur machte seinen Schädel noch eckiger. „Ja, ich wohne hier. Seit kurzem. Ist eine hübsche Gegend, nicht wahr? Mit Blick auf die Stadtmauer.“

Thorsten rümpfte die Nase. „Blick auf die Stadtmauer? Damit verschwende ich meine Zeit nicht.“

„Aha! Ich merke. Du hast viel zu tun."

„Immer. Im Augenblick", meinte er altklug, „halten mich meine Ermittlungen in Trab. Aber für mich allein wird das zuviel. Ich brauche einen zuverlässigen Mitarbeiter. Sind Sie zufällig ein Bulle?"

„Ich, ein Polizist?" Dreier griente an seiner gewaltigen Nase entlang. Was für ein Gedanke! „Ich habe zwar schon in vielen Berufen gearbeitet. Aber in dem noch nicht."

Er fegte weiter. Der ganze Weg war nur vier Meter lang. Ihn störte der Dreck. Thorsten sah zu und stützte die Arme auf die Zaunlatten.

„Wissen Sie, was schlecht ist? Daß ich hier der einzige Junge bin. Es gibt keine Kinder außer mir im Mauereck. Wen soll ich da zum Mitarbeiter machen? Meine Eltern haben das letzte Haus dort hinten. Das mit der Glasveranda."

„Schönes Haus", nickte Dreier. Der Junge ging ihm auf die Nerven. Aber das durfte er nicht zeigen. Als neuer Anwohner war es besser, die charakterlichen Sonnenseiten rauszuhängen – auch wenn man die gar nicht besaß.

„Irgendwem muß ich mich anvertrauen", sagte Thorsten. „Sonst wird die Gefahr riesig, daß er mich umbringt, der Kerl."

Dreier richtete sich auf. „Das klingt ja schrecklich. Wovon redest du?"

„Schwören Sie, daß Sie nichts verraten! Dann lüfte ich einen Teil von meinem Geheimnis. Nicht alles, aber ein bißchen. Das andere ist ein zu heißes Eisen. Da kann ich Sie nicht hineinziehen."

„Auf mich kannst du dich verlassen, Thorsten."

„Gut. Also: Der Kerl heißt Gottfried Hähmke. Er wohnt im ersten Haus links. Ein Verbrecher! Ich schwöre es. Seit zwei Jahren verdächtige ich ihn. Jetzt weiß ich Bescheid."

„Wirklich? Wenn du so sicher bist – warum sagst du's nicht deinen Eltern?"

„Sie glauben mir nicht. Sie meinen, ich lese zu viele Krimis. Deshalb rede ich mit ihnen gar nicht mehr über meine Entdekkungen. Jedenfalls ist Hähmke einer vom Geheimbund Totenkopf, wie's heute in der Zeitung stand. Ein Terrorist, ein mörderischer."

Dreier lehnte den Reiserbesen an den Zaun und suchte nach Zigaretten in den Taschen. Seine Hände waren ruhig. Er zuckte mit keiner Wimper. Daß sich plötzliches Sodbrennen meldete, war sicherlich Zufall.

„Du mußt dich hüten, Thorsten, solche Gerüchte zu verbreiten. Das ist Rufmord. Herr Hähmke könnte es dir übelnehmen."

„Ich merke schon", erwiderte der Junge, „Sie glauben mir nicht. Aber ich habe den Beweis."

„Wirklich? Was denn?"

„Darüber sage ich noch nichts. Sicherlich werden Sie auch gleich fragen, weshalb ich die Polizei nicht verständige. Deswegen nicht, weil Hähmke einen Bruder hat. Dieser Felix ist genau so ein mieser Typ wie Gottfried. Aber Felix ist zur Zeit nicht da, sondern im Ausland auf Reisen. Wenn ich Gottfried anzeige, wird sich Felix an mir rächen. Deshalb warte ich, bis er von der Reise zurück ist. Damit die Polizei beide schnappt."

„Sehr schlau. Willst du mir nicht trotzdem sagen, welchen Beweis du hast?"

„Nein. Vielleicht später." Er musterte Dreier mit dem grimmigsten Blick, zu dem ein Elfjähriger fähig ist. „Erst muß ich über Sie nachdenken. Muß mir darüber klar werden, ob Sie mein Vertrauen verdienen."

Sprach's, tippte lässig an das Schild seiner Mütze und schob ab.

Langsam ging Dreier zum Haus zurück. Auf den Steinstufen trat er seine Zigarette aus. Als ihm das bewußt wurde, hob er den zerquetschten Rest auf und beförderte ihn in die Mülltonne.

Er rief Krussmann an. Aber der meldete sich nicht. Sascha war in seinem Versteck. Ob er einen Gottfried Hähmke kenne? Nein. Dreier legte auf. Günthagen meldete sich erst nach dem

Nein, vielleicht später.

siebten Läuten. Seine Stimme klang, als wäre er nicht ganz nüchtern. Auch er kannte keinen Hähmke.

Bin ich denn blöd! dachte Dreier. Der Bengel ist ein Wichtigtuer. Hat von uns in der Zeitung gelesen, und jetzt sieht er Gespenster. Wäre ja noch schöner, wenn ich mich von einem Kind nervös machen lasse.

*

Alles läuft, dachte Tom, in unserem Sinn. Ungefähr jetzt wird Krussmann verhaftet – von Menke und seinen Leuten. Wir treten nicht in Erscheinung, sonst würden die anderen Geheimbündler sofort ihren Rachefeldzug beginnen, wie sie's geschworen haben. Ist überhaupt eine verdammt heiße Kiste! Angedroht ist, daß sie uns massakrieren (*niedermetzeln*), wenn's einen der ihren erwischt. Aber Menke will verhindern, daß die Festnahme an die Öffentlichkeit dringt. Zunächst jedenfalls. Vielleicht haut Krussmann seine Komplicen in die Pfanne, verrät sie, und alle sind hinter Gittern, bevor die Sache sich rumspricht.

Trotzdem – das wußte er – konnte es jetzt lebensgefährlich werden für die Rehms und Conradis.

Das Pärchen wartete in einem Nebenraum des Polizei-Präsidiums. Gunter war verständigt. Menke hatte einen Streifenwagen mit zwei erfahrenen Beamten zu Helgas Adresse geschickt. Der Wagen parkte vor der Tierarzt-Praxis: eine Maßnahme für alle Fälle, aber keine Lösung auf Dauer.

„Ich denke gerade darüber nach", sagte Locke. „Wenn bekannt wird, daß Krussmann auf unser Konto geht, können wir uns gratulieren. Dann haben wir die Rache am Hals."

„Seien wir zuversichtlich! Diskretion (*Verschwiegenheit*) ist zugesichert."

„Was Jutta Finke wohl denkt, wenn sie aus tiefer Bewußtlosigkeit wieder zu klarem Verstand aufsteigt? Gerade das, was sie verhindern wollte, fährt nun ab. Sie wollte ihren Terror-

Amigo eigenhändig umerziehen, statt dessen wird der Pensionsgast in Stammheim (*Gefängnis bei Stuttgart*)."

„Tja, so drollig ist das Leben. Im übrigen hätte ich von einer Studentin mehr Durchblick erwartet." Tom schüttelte den Kopf. „Wie kann sie erwarten, daß sich so ein Gewalt-Fan ändert. Vermutlich hat sie sich sogar strafbar gemacht, indem sie ihn schützte, statt anzuzeigen."

„Im Brief steht doch, daß sie ihn liebt."

„Schöne Liebe."

„Na und ob, du Schwarz-Weiß-Denker! Man liebt doch nicht nur, was edel, hilfreich und gut ist. Dann gäbe es ja keine Liebe mehr auf der Welt. Man/Frau liebt auch die schwarzen Schafe. Das macht ja die Gefühlskiste so kompliziert. Einen Engel – den haben alle gern. Aber wo bleibt Krussmann? Wer hängt sein Herz an Sascha Krügler? Vielleicht sind sie nur geworden, was sie sind, weil's an Liebe mangelte."

„Faule Ausrede! Die Seelen-Klempner (*Psychologen*) und Gesellschaftsuntersucher (*Soziologen*) denken sich so was aus, damit die armen Verbrecher nicht ganz so arm dastehen. Krussmann und Sascha haben Hinwendung genug. Der eine seine Jutta, der andere seinen Vater, der sogar seinen guten Ruf als Mediziner aufs Spiel setzt, indem er den mißratenen Bengel zu Hause versteckt. Nein, Locke, die beiden sind Terroristen, weil sie Brutalität und Zerstörungswut im Blut haben – beziehungsweise in der grauen Masse. Die fühlen sich wohl dabei."

So einfach sah Locke das nicht. Aber sie beschloß, das Thema andernorts fortzusetzen, denn Tom mutmaßte soeben, wo der Penner den Brief wohl gefunden habe.

„In Brasshausen", sagte sie. „Das ist klar."

„Genau. Wahrscheinlich hatte sie ihn in der Hand, als der Unfall passierte."

„War also auf dem Weg zum Postamt, um aus dem Briefmarken-Automaten ein postalisches Wertzeichen rauszuleiern."

„Beim Unfall flog der Brief ins Abseits", setzte Tom die Gedankenkette fort, „und dort fand ihn der Penner. Und natürlich auch ihre Tasche. Die hat er unterschlagen. Aber es ist verdammt anständig von ihm, daß er den Brief befördert. Ohne den wären wir noch ziemlich am Anfang. Penners Verhalten ist also auch ein Beispiel dafür: Man/Frau – wie du sagst – kann anständig handeln, nämlich selbstlos und hilfreich, trotz mangels an Liebe. Oder glaubst du, daß irgendwer diesen stinkigen Schmuddeltyp gern hat?"

„Seine Läuse und Flöhe, Tom – da wette ich –, die hängen an ihm."

„Die bestimmt", lachte er.

Die Tür wurde geöffnet, ohne Anklopfen und Vorwarnung.

Gunter kam herein.

Schuldbewußt zogen die beiden unter seinem Blick die Köpfe ein.

„Schade", sagte er, „daß ein vierbeiniges Familien-Verhängnis wie ihr so wenig Verstand hat. Ihr wußtet doch, daß der liebe Fritz Menke auf so eine Gelegenheit springt wie Nicki auf eine vergammelte Schweinepfote. Schließlich ist er Kommissar. Und er wird auch sicherlich alles tun, damit uns die Terroris kein Haar krümmen. Aber zaubern kann er nicht, und die Mehrheit der Geheimbündler ist auf freiem Fuß."

„Was hätten wir denn tun sollen, Papi?" Keck reckte Locke die Nase. „Beweismaterial unterschlagen? Damit haben wir doch den ganzen gestrigen Tag zugebracht und die halbe Nacht. Aber geholfen hat's nichts."

„Kein Geheimbündler", sagte Tom, „kann wissen, daß wir Krussmann gelegt haben."

„Das interessiert die doch gar nicht." Gunter warf seinen Trenchcoat über einen Stuhl. „Habt ihr vergessen, wie deren Schwur lautet? Wenn's irgendeinen von ihnen erwischt – egal wie, werden sie ihre Wut an uns austoben."

„Dann muß ich dich noch mal fragen", stieß Locke nach, „wie wir uns hätten verhalten sollen?"

„Statt sofort hierher zu brettern, hättet ihr versuchen sollen, mich zu erreichen."

„Versucht haben wir's ja", verteidigte Tom sich und Locke. „Von unterwegs per Telefon. Redakteur Sajewski sagte, du seist mit dem Minister auf Stadtrundfahrt, und anschließend wäre großes Fressen mit allen bedeutsamen Peoples (*Leuten*) im Ratskeller. Solange konnten wir nicht warten. Also mußten wir selbst entscheiden. Was wäre nun richtig gewesen?"

Gunter lächelte. „Wie ihr meiner Anwesenheit entnehmen könnt, lasse ich jeden Minister stehen, wenn's um die Terroristen geht." Er dämpfte die Stimme. „Gut wäre gewesen, alle auf einen Schlag zu erwischen. Das heißt, wir drei und die clerversten meiner Kollegen hätten Krussmann rundum beschattet. Irgendwann, irgendwo hätte er uns unfreiwillig seine Komplicen gezeigt. Daß er die jetzt verrät, bezweifle ich. Denn er hofft doch drauf, daß sie ihn freipressen. Was ja bei den Brüdern 'ne Masche ist, indem sie als Faustpfand irgendwen kidnappen. Na ja, reden wir nicht über verschüttete Milch. Vielleicht täusche ich mich, und Fritz Menke räumt alles ab."

Leider täuschte er sich nicht.

Nach längerem Warten holte der Kommissar sie ab – und zu sich ins Büro, wo es gemütlicher war.

„Irsinns-Coup", japste er, nachdem alle bequem saßen, „diesen Krussmann traf fast der Schlag, als ich ihm den Haftbefehl unter die Nase hielt. Über den Jutta-Finke-Brief könne er nur lachen, hat er gesagt. Aber ihr hättet hören sollen, wie sein Lachen klang. Das Mädchen sei offenbar übergeschnappt. Mehr fiel ihm zur Erklärung nicht ein. Er leugnete also heftigst. Aber dann haben wir seine Behausung durchsucht. Gefunden wurden drei Pistolen. Und das hier."

Er hielt es hoch.

Es steckte in einer Klarsichthülle.

Tom beugte sich vor, um besser sehen zu können.

Das Gebilde hatte die Größe einer mittleren Handfläche, bestand aus kobaltblauem Glattleder und war wappenförmig geschnitten. Aufgemalt in schneeigem Weiß war ein Totenkopf samt gekreuzter Gebeine. Bogenförmig verlief der Schriftzug über dem knochigen Gehirnbehälter. GEHEIMBUND TOTENKOPF.

„Fehlt nur noch das e. V. (*eingetragener Verein*)“, murmelte Gunter.

„Eine Art Wimpel“, sagte Locke. „Oder Ausweis. Ja?“

Menke nickte. „Der Geheimausweis des Geheimbundes. Was sonst?“

„Was sagt Krussmann?“ erkundige sich Gunter.

„Nichts. Er schweigt total. Antwortet auf keine Frage – nicht mal darauf, ob er 'ne Zigarette möchte. Auf Komplicen-Adressen können wir da lange warten. Aber ihn haben wir. Und dafür würde ich euch am liebsten öffentlich belobigen.“

„Dann bringe ich dich um“, rief Gunter.

„Natürlich mache ich das nicht“, wehrte Menke ab. „Ich will doch die Gefahr von euch fernhalten.“

„Andere Frage“, sagte Gunter: „Wie auffällig habt ihr die Verhaftung abgezogen? Wieviele Polizeiwagen parkten vor dem Haus? Wieviele Uniformierte fielen bei Krussmann ein?“

„Ich bitte dich! Hältst du mich für einen Anfänger?“

Gunter grinste. „Ich weiß nur, wie du Tennis spielst.“

„Angeber! Das letzte Match (*Spiel*) hast du verloren. Ihr könnt völlig beruhigt sein. Niemand hat Krussmanns Verhaftung bemerkt. Wir sind ihm zu zweit auf die Bude gerückt – wie Klinkenputzer-Vertreter. Nicht mal die Nachbarn ahnen, was mit Krussmann ist. Und dabei lassen wir's vorläufig. Zu eurem Schutz. Auch die andern Geheimbündler werden rätseln und im dunkeln tappen.“

„Vielleicht kommen sie her und geben eine Vermißtenanzeige auf“, feixte Tom.

Menke lächelte dünn.

Locke sandte Tom einen dunklen Glutaugen-Blick, der blaugrün erwidert wurde.

Mehr verraten wir nicht! hieß das. Mit Krussmann sind die Gesetzeshüter erst mal bestens bedient. Den Scampi Günthagen bringen wir selbst zur Strecke – waidgerecht.

23. Rufmord

Spätnachmittags kam Gottfried Hähmke zu Dreier, dem Terroristen-Boß.

Hähmke, den Thorsten als mörderischen Terroristen bezeichnet hatte, war ein ungeschlachter Typ mit rotem Gesicht. Er keuchte vor Wut. Dreier und er waren sich bereits begegnet, denn Hähmke wohnte ja nur eine Spuckweite entfernt.

„Allmählich habe ich von diesem Bengel die Nase voll“, schimpfte Hähmke.

Dreier stellte sich dumm. „Von wem sprechen Sie?“

„Von diesem Thorsten Lauterbach. Ein Elfjähriger. Man sieht ihn nie ohne rote Mütze.“

„Ah, ich weiß, wen Sie meinen“, nickte Dreier.

„Seine Eltern vergöttern ihn“, fuhr Hähmke fort. „Aber jetzt muß ich ihnen die Augen öffnen über ihren Thorsten.“

Endlich, dachte Dreier, erfahre ich, was Thorsten meint. Weshalb er diesen Bauernburschen für einen von uns hält. Der und von uns? Da lachen ja die Freiland-Hühner!

Dreier hatte seine Gehirnsülze angestrengt wegen Thorstens Verhalten. Sicherlich – es gab keine Verbindung zwischen Hähmke und dem Geheimbund. Davon hatte er, Dreier, sich telefonisch überzeugt, nämlich Sascha und Günthagen gefragt, ob Hähmke ihnen bekannt sei. Nur die Antwort von Norbert Krussmann stand aus. Den hatte er nicht erreicht. Aber er war überzeugt: Auch der kannte Hähmke nicht.

„Und was erbost Sie, Herr Nachbar?“ fragte er scheinheilig.

„Dieser Mistbengel verübt brutalsten Rufmord an mir.“

„Aha!“

„Bei sämtlichen Leuten hier im Mauereck hat er erzählt, ich wäre Terrorist. Wäre einer von diesen Spinnern, die sich Geheimbund Totenkopf nennen.“

„Spinner sind das, glaube ich, nicht, sondern ernstzunehmende Umstürzler, die sich martialischer (*kriegerischer*) Mittel bedienen, um ihre Ziele zu erreichen.“

Dreier mußte an sich halten, um nicht beleidigt zu wirken. Was wußte denn dieses Rotgesicht von ihrer Terror-Organisation!

„Mag ja sein“, stieß Hähmke durch die Zähne. „Jedenfalls bin ich keiner von denen, sondern geistig völlig normal und friedfertig.“

Dreier nickte.

„Zu Ihnen komme ich“, erklärte Hähmke, „um mich zu vergewissern: Hat er auch Ihnen das Märchen erzählt?“

„Nun, er machte Andeutungen. Aber wer nimmt einen kleinen Jungen ernst? Er hat zuviel Phantasie.“

„Rachsüchtig ist er. Vor zwei Jahren hat er sich bei mir eine Ohrfeige eingehandelt. Das vergißt er mir nicht.“

„Aber wie kommt er darauf, Sie als Terroristen zu benennen?“

„Keine Ahnung."

„Das muß er doch irgendwie begründen. Wieso ausgerechnet Terrorist? Wieso zum Geheimbund Totenkopf gehörig?"

„Hat er aus der Luft gegriffen. Erfunden. Ein böser Bengel. Wahrscheinlich liest er die Zeitung. Und in der stand heute viel genug von diesem Spinner-Verein."

Beinahe wäre Dreier wütend geworden. Dann überwog seine Enttäuschung. Null Erklärung. Er war so schlau wie zuvor. Aber vermutlich war Thorsten wirklich nur ein verlogenes Bürschchen; und seine Behauptung, er habe einen Beweis für Hähmkes Geheimbund-Zugehörigkeit, war erfunden.

„Diesmal", kündigte Hähmke an, „lasse ich's dem Bengel nicht durchgehen. Ich sag's seinen Eltern."

*

Bis zum späten Nachmittag blieben Locke und Tom im Polizei-Präsidium.

Gemeinsam mit Gunter und Menke berieten sie Vorsichtsmaßnahmen.

Der Kommissar veranlaßte, daß auch das Haus Rehm unter die besondere Obhut eines Streifenwagens gestellt wurde.

„Wozu soll das gut sein", meinte Locke, „wir sind ja doch nie zu Hause."

„Du sollst nie nie sagen", stellte Gunter richtig, „weil Mike, du und ich – wir alle uns zu gewissen Nachtstunden dort versammeln. Sei's auch nur, um zu pennen. Was wäre, wenn die Terroristen dann zuschlagen? Es ist gut so, Fritz. Laß deine Leute unser Haus bewachen."

„Da komme ich mir aber vor wie in einem Überwachungs-Staat", sagte Locke. „Nicht bewacht und beschützt, sondern überwacht. Und dagegen bist du doch auch, Väterchen – jedenfalls in deiner Zeitung."

„Das gehört nicht hierher", meinte er – und wandte sich Menke zu.

Dessen Telefon hatte geklingelt. Er meldete sich. Aus dem Hörer drang – für alle verständlich – Helgas Stimme.

„... würde ich gern wissen, Fritz“, perlten die Worte durch den Draht, „weshalb zwei uniformierte Bullen in ihrer Seifenkiste ausgerechnet vor meinem bescheidenen Grundstück ihre gesamte Freizeit verbringen. Ich denke, ihr leidet unter chronischem Personalmangel.“

„Was nicht heißt, liebste Frau Doktor“, Menke grinste die drei über den Schreibtisch an, „daß wir nicht jedes Opfer für dich bringen. Die beiden Bullen sind deine Leibgarde. Sollen aufpassen, daß sich die Terroristen nicht bei dir einschmuggeln – verkleidet als Riesenpinscher oder preisgekrönte Stallhasen.“

„Ist denn das nötig?“

„Ich meine ja. Und der Mensch, der deine Liebe nicht verdient und mir zur Zeit gegenübersitzt, meint das auch. Nicht so tragisch sehen eure Ableger den Fall. Denen verdankt ihr nämlich, daß die Lage sich zuspitzt – einerseits. Andererseits sind sie meine besten Mitarbeiter, haben sie doch einen waschechten Terroristen aufgespürt und mir zur Verhaftung überlassen. Der Typ gehört zum Geheimbund Totenkopf, und deshalb, wie gesagt, wird's brenzlig für euch.“

Für einen Moment schwieg Helga durch die Leitung.

Tom stellte sich vor, daß sein Mütterchen blaß wurde.

Gunter langte über den Schreibtisch und nahm Menke den Hörer aus der Hand.

„Helga, ich bin's.“ Er berichtete Einzelheiten und schloß mit dem Versprechen: „... komme ich zum Abendessen zu dir. Locke und Tom bringe ich mit.“

Das sehe ich noch nicht, dachte Tom. Wird höchste Zeit, daß wir uns wieder um Günthagen kümmern.

Gunter hatte aufgelegt.

Tom stieß seine Freundin an.

„Wir verabschieden uns jetzt“, verkündete er, „wollen noch ein wenig durchs Stadtbild heizen. Nur bis Einbruch der Dunkelheit. Sobald die Terroristen aus ihren Löchern hervorkriechen, verziehen wir uns."

Gunter machte ein Gesicht, als wollte er ein Verbot aussprechen. Aber dann wurde ihm klar, daß er die beiden weder anbinden noch unter Hausarrest stellen konnte.

„Zum Abendessen seid ihr da", meinte er und ließ sie ziehen.

24. Asche und Salatwürze

Ohser, der Bistro-Koch, hatte einen schlimmen Nachmittag hinter sich. Seine Nerven zitterten. Der Magen schmerzte. Er fühlte sich elend, als hätte nicht sein Opfer, sondern er die vergifteten Scampis gegessen.

Der Terrorist mußte längst tot sein. Hätte er ihm folgen sollen, dem froschäugigen Kerl?

Er entschied sich, daß es besser sei, sich unauffällig zu verhalten, als wäre nichts gewesen. Doch die Ungewißheit plagte ihn.

Erst jetzt – es war inzwischen später Nachmittag – wurde ihm ein anderes Problem bewußt: Was sollte er Claudia sagen? Wie würde sie die Tat aufnehmen? Es war Mord. Zumindest Selbstjustiz. Er hatte es getan, um seine Frau von ihrer tiefverwurzelten Angst zu befreien. War das vielleicht ganz falsch gedacht? Beschwor er mit seiner Vergeltungstat eine Flut von Unheil herauf?

Christian, der Kochlehrling, riß ihn aus seinen trüben Gedanken.

Der Junge stand am Hoffenster – und hielt sein KK-Gewehr im Arm.

„Chef, die Ratte."

„Was?"

„Die Ratte!"

Christian wisperte, denn das Fenster war geöffnet. Frische Frühlingsluft drang herein.

„Was ist mit dem Vieh?"

„Sie turnt rum bei den Mülltonnen."

„Na, und?"

„Chef, wir sind ein Speiselokal. Es ist nicht zu verantworten, daß auf unserem Hof eine fette Ratte rumflitzt. Sie verbreitet Ungeziefer. Und Krankheiten. Vielleicht sogar die Pest. Mit *einem* Schuß könnte ich sie erledigen. Sie würde nichts spüren."

„Deine Beharrlichkeit nervt. Also meinetwegen."

Christian zog sein KK-Gewehr an die Schulter.

Um 17.24 Uhr überschlug sich die Ratte im Feuer.

Sie war sofort tot. Ein Meisterschuß. Christian hatte nicht zuviel versprochen.

Der Knall war nicht laut gewesen. Im übrigen befand sich zur Zeit kein Gast im Restaurant.

„Tu sie in eine Plastiktüte", gebot Ohser, „und dann damit in die Mülltonne. Aber faß sie nicht an."

„Dazu nehme ich unsere Suppenkelle", grinste Christian, der manchmal ein recht eigenwilliger Witzbold war.

Er schob ab auf den Hof.

Ohser bereitete Seezungenfilets für den Abend.

Als Christian zurückkam, wirkte sein Lächeln unsicher.

„Chef", meinte er treuherzig, „ich habe Sie ... betrogen."

„Was?"

„Bitte, nehmen Sie's mir nicht übel."

„Was, zum Teufel, meinst du?"

„Wissen Sie, ich habe dafür gesorgt, daß die Köder der Ratte nicht schaden können."

Ohser starrte ihn an.

„Weil ich zum Schuß kommen wollte", fuhr Christian fort. „Müssen Sie verstehen. Bin nun mal leidenschaftlicher Schütze. In der Dose, Chef, ist kein Rattengift. Überhaupt nichts Giftiges. Sondern eine Mischung aus Asche und unserer Salatwürze. Das sah dem Gift ziemlich ähnlich. Sind Sie mir sehr böse?"

*

Als Locke und Tom an Günthagens Haus vorbei rollerten, hatte sich dort nichts verändert.

Im Garten hopsten Sperlinge umher. Der 18er-Bus kam ihnen entgegen. Im Nachbarhaus, wo Claus wohnte, brannte Licht hinter zwei Fenstern.

Das Pärchen parkte die Roller. Als sie sich bei der Haltestelle rumdrückten, wurde es merklich kühl.

„Jetzt weiß ich, warum mir so flau ist", sagte Locke. „Wann haben wir eigentlich zum letztenmal gegessen?"

„Verdammt, ich kann mich nicht erinnern."

„Siehst du! Diese Erinnerungsschwäche ist bereits eine Folge von Unterernährung. Dem Gehirn fehlen Aufbaustoffe."

„Willst du damit andeuten, Liebling, daß du Hunger hast? Das wäre sensationell. Im allgemeinen lebst du doch von der Luft und guten Gedanken."

„Auch ich, Herr Conradi, nehme bisweilen was zu mir. Und jetzt könnte ich sogar von dir ein Stück abbeißen, was mich natürlich in die Nähe von Kannibalismus (*Menschenfresserei*) brächte und weit entfernt wäre von gehobener Lebensart."

Gerade wollte er ihr seinen Daumen hinhalten – als Vorspeise. Aber Günthagen vereitelte das. Einfach dadurch, daß er die Szene betrat. Er schloß seine Haustür ab, rückte den Hut zurecht und stelzte leichtfüßig zur Straße.

Gekleidet war er wie mittags. Auch jetzt verzichtete er auf Wagen und Krad. Daß er kurz zu dem Pärchen herblickte, hatte nichts zu bedeuten: jedenfalls kein Mißtrauen. Wohlgelaunt schnürte er ab in die andere Richtung.

„Vielleicht haben wir diesmal Glück", flüsterte Locke, „und er macht ein Meeting (*Treffen*) mit den andern Aufruhr-Betreibern. Folgen wir ihm gemeinsam, oder wechseln wir uns ab mit dem Beschatten?"

„Ohne dich, Schatzi, fahre ich keinen Meter weit. Außerdem glaube ich, er ist kurzsichtig auf seinen Froschaugen, nur zu eitel, 'ne Brille zu tragen."

„Was wäre an 'ner Brille uneitel?"

„Dem steht keine."

„Daß er keine trägt, sieht noch schlimmer aus."

Sie ließen ihm Vorsprung. Langsam rollernd, folgten sie ihm. Erstaunen! Scampi Günthagen nahm nicht nur exakt denselben

Weg wie mittags, sondern hatte auch dasselbe Ziel. Ohne sich umzusehen, verschwand er im BISTRO.

„Nanu?“ wunderte sich Tom. „Kellnert der hier? Mittags war er als Gast da.“

„Vielleicht hat’s ihm geschmeckt. Ein zufriedener Gast kommt wieder.“

„Aber doch nicht am selben Tag. Das wäre ja einfallslos – in Anbetracht der riesigen Freßszene in unserer Stadt.“

„Was erwartest du von einem, der höchstwahrscheinlich Terrorist ist. Phantasie? Eßkultur? O Gott, ist mir flau. Zähl mal dein Taschengeld, ob du mich einladen kannst!“

„Bin finanziell total abgebaggert. Die letzten Münzen habe ich dem Penner gegeben. Für den Brief.“

„Also muß ich dich einladen“, seufzte Locke. „Das heißt, nein! Ich lege es dir aus, und du zahlst mir’s zurück.“

„Gierlappen!“

„Du hast es nötig! Den Capuccino schuldest du mir noch immer.“

Tom beäugte das Bistro. Warum eigentlich nicht? überlegte er. Aus der Nähe haben wir Günthagen völlig unter Kontrolle. Bislang kennt er uns nicht. Wenn er uns jetzt sieht, ist das kein Unglück. Bei künftiger Beschattung müssen wir sowieso unsichtbar bleiben.

„Also rein in den Schuppen, Locke-Liebling. Die haben was Leckeres zum Abfüllen. Es duftet durch die Tür.“

25. K. O. auf dem Hinterhof

Ohser, der Koch, sah, wie der Terrorist das Restaurant betrat. Frisch und ausgeruht wirkte er. Na, klar! Ein ‚Rattengift', das aus Asche und Salatwürze besteht, verträgt jeder Magen.

Lucien, der Kellner, hatte Tisch 13 für den Kerl reserviert. An der Durchreiche beobachtete Ohser den Mann. Keinen haßte er wie den. Aber seine Kraft war verbraucht. Schon in dem Moment, da Christian sein Geständnis ablegte, hatte er gewußt: Zu einem zweiten Tötungsversuch würde es nicht kommen. Dafür hatte ihn die Natur nicht vorgesehen. Und das war gut so. Vielleicht hätten sich eines Tages Schuldgefühle eingestellt, denen er nicht gewachsen war.

Für das jugendliche Pärchen, das an Tisch zwei Platz nahm, hatte Ohser keinen Blick.

Ich rufe die Polizei, dachte er. Hoffentlich genüge ich als Zeuge. Es wäre entsetzlich, wenn sie dem Kerl nichts nachweisen können.

Lucien kam zur Durchreiche. „Wieder Scampis. Diesmal in Hummerschaum. Beim Wein steigt er groß ein: Baron L!"

„Den habe ich nicht richtig temperiert", erwiderte Ohser. „Sag ihm, es dauert etwas."

Lucien hob verwundert die Brauen, gab aber keinen Kommentar (*Stellungnahme*) ab.

Das fehlte noch, dachte Ohser. Scampis in Hummerschaum, dazu den teuersten Wein – und plötzlich ist die Polizei da, nimmt ihn mit, aber ans Bezahlen denkt keiner bei dem Trouble (*Ärger, Aufregung*), am wenigsten dieser Saukerl. Nein, keinen Bissen kriegt der, keinen Schluck!

„Für die beiden Youngster", sagte Lucien gedämpft und meinte Locke und Tom, „zweimal Salatschüssel Nicosia, einmal Schinken-, einmal Käse-Baguette. Ein Capuccino, ein Espresso."

Herzlich gern! dachte Ohser. Er schickte Christian in den Keller – wiedermal – und ging ans Telefon.

Sein Gespräch mit einem Kriminal-Inspektor vom Polizei-Präsidium dauerte nur eine Minute.

Sie kämen gleich, versicherte der Polyp. Aber es klang zweifelnd, als er nachfragte, ob Ohser den Mann wirklich als den Terroristen von damals erkannt hätte.

„Glauben Sie mir, er ist es!" versicherte der Küchenmeister. „Bitte, beeilen Sie sich."

Nervosität befiel ihn. Seine Hände zitterten, als er die Bestellung für Locke und Tom bereitete. Er war nicht bei der Sache. Als er den Salat in die Durchreiche stellte, sah ihn Lucien vorwurfsvoll an.

„Chef! Salat Nicosia habe ich bestellt. Das hier ist Hähnchensalat Alfredo."

Ohser atmete tief, zischte dann scharf durch die Zähne.

„Bist du sicher, daß du Nicosia bestellt hast?"

„Ich weiß doch, was ich sage. Aber laß mal! Ich versuch's. Ist ein verliebtes Pärchen. Denen könnten wir Tintenfisch servieren, wenn sie Spargel bestellt hätten."

Lächelnd schob er ab mit dem Irrtum in Schüsseln.

*

Locke wandte Günthagen den Rücken zu, den entzückenden. Tom saß so, daß er – an ihrer Haarflut vorbei – den Terror-Macher anpeilen konnte. Unauffällig, selbstverständlich – und höchstens mit einem Auge, dem blauen.

Günthagen hatte seine Bestellung längst aufgegeben, war aber noch immer vertieft in die Speisekarte.

„Nette Kneipe!" sagte Locke soeben. „Zum Wohlfühlen."

„Ich glaube nicht, daß er hier seine Komplicen trifft", wisperte Tom. „Der ist tatsächlich nur zum Abfüllen da."

Sie tauschten mehr oder weniger tiefschürfende Gedanken aus. Dann tanzte der Kellner an und servierte den Salat.

Locke beäugte ihre Schüssel. „Täusche ich mich, oder sind da gemordete Hähnchen drin?"

Lucien zuckte zusammen. „Wie bitte?"

„*Den* Salat, Herr Ober, habe ich nicht bestellt. Ich bevorzuge fleischlose Kost. In diesen Rohkost-Haufen ist Hühnerfleisch eingeschmuggelt. Das entspricht nicht dem Rezept."

„Verzeihung! Ist mein Fehler. Ich nehme ihn zurück."

„Nee. Warten kann ich nicht mehr. Sonst falle ich tot um vor Hunger. Ich werde die Blätter verspeisen, den Rest ..."

„... kannst du an mich abtreten", erbot sich Tom. „Ich ziehe mir das Hühnerfleisch rein." Er grinste Lucien an. „Bin nämlich noch nicht auf dem Pflanzen-Trip – obwohl gegen den nichts zu sagen ist."

Lucien lächelte zustimmend. Er war Beefsteak-Fan und gab seine Seligkeit für gebratene Flugenten. Er fragte noch, ob der Kaffee gleich oder erst nach dem Essen serviert werden sollte, dann trollte er sich.

Locke begann, in ihrem Salat zu stochern. Toms Kiefer mahlten.

In diesem Moment traten zwei Männer ein. Der eine war kurzgewachsen und rundlich. Er keuchte, obwohl er sich langsam bewegte. Sein Begleiter war erst halb so alt, blaß und schmalbrüstig.

Prüfende Blicke kreisten durch das Bistro, wurden auf Tom gerichtet, aber nur für einen Moment. An Günthagen blieben dann die Blicke hängen – war er doch, außer dem Pärchen, der zur Zeit einzige Gast.

Die beiden schlurften in seine Richtung, also in die entfernteste Ecke. Lucien kam eben mit Capuccino und Espresso von der Durchreiche her. In ihr wurde der bleichgesichtige Koch sichtbar, den Tom schon mittags bemerkt hatte.

„Der Salat ist gut", stellte Locke fest. „Heh!"

Aber Tom reagierte nicht. Er hatte das Gabeln und Kauen eingestellt, starrte den Männern nach und spürte, wie sich seine spinalen Erektoren (*untere Rückenmuskeln*) spannten.

Tod und Teufel! dachte er. Diese beiden Wurzelmännchen kenne ich doch. Woher? Woher?

Sie bauten sich vor Günthagens Tisch auf.

Der Dicke hielt ihm eine Blechmarke hin.

„Kriminalpolizei! Gegen Sie liegt eine Anzeige vor. Bitte, weisen Sie sich aus. Außerdem müssen Sie uns zum Präsidium begleiten."

„Was?" schrie Günthagen. „Anzeige? Weshalb?"

„Ein Augenzeuge behauptet, Sie hätten am 12. Mai vor zwei Jahren in der Michl-Glauber-Straße jenen Wagen geparkt, in dem dann die Bombe explodierte – der Anschlag, zu dem sich später die Terror-Organisationen *29. Februar* und *Blaue Horde* bekannten. Wir ..."

Weiter kam er nicht.

Tom hörte, wie hinter ihm die Eingangstür geöffnet wurde. Stimmengewirr. Eine Gruppe angeheiterter Gäste fiel ins Bistro ein.

So gesehen, erwischte Günthagen den dümmsten Moment, als er hochschnellte, dem Dicken die Speisekarte aufs Gesicht klatschte, dem andern die Blumenvase über den Kopf schlug und dann an ihnen vorbeistürmte – Richtung Tür.

Aber die war verstopft.

Immer noch drängten Gäste herein.

Toms spinale Erektoren streckten sich bereits. Er federte vom Sitz hoch – den Mund noch voller Alfredo-Salat.

Locke quietschte und drehte sich um.

In dieser Sekunde änderte Günthagen die Richtung, ohne seinen Spurt zu bremsen – erkannte er doch glasklar, daß beim Eingang kein Durchkommen war, nicht mal mit Ellbogen.

Wie ein Wieselbock jumpte er links ab zur Küchentür und war auch schon durch.

Elende ...! Tom wäre schon eher gestartet. Aber gaffende Gäster verstellten ihm den Weg. Unsanft mußte er an zwei Damen vorbei. Nur ein Schlenker verhinderte, daß er Lucien umrannte. Er hörte, wie Locke was rief, verstand aber nur: „...sicht."

Die Tür zur Küche stand offen.

Als er über die Schwelle preschte, krachte ein Schuß. Um Himmels willen!

Dann sah er, daß nicht Günthagen ballerte, sondern ein Junge in Koch-Montur. Der Nachwuchs-Bocuse (*berühmter Koch*) hielt ein KK-Gewehr. Über Kimme und Korn zielte er auf die offenstehende Hintertür. Durch die war Günthagen entkommen. Draußen auf dem Hof schepperte Blech.

Tom zu Füßen lag der Küchenmeister. Seine Nase blutete. Aber mehr als ein Schwinger hatte ihn nicht getroffen. Denn soeben richtete er sich auf.

„Der Typ ist verwundet", schrie der Kochlehrling. „Ich konnte einen Streifschuß anbringen. Hinten links, glaube ich. Zwischen Schinken und Eisbein."

Er gebrauchte tatsächlich die Bezeichnung für schweinerne Schlachttierteile. Offenbar fuhr er voll ab auf seinen Beruf.

Tom stellte das nur im Vorbeirennen fest, sauste auf den Hof und – sah Günthagen.

Der war erst in die falsche Richtung gerannt, nämlich nach rechts, wo eine hohe Mauer die Flucht verhinderte. Jetzt flitzte er – eine Hand ans Eisbein gepreßt – zur anderen Seite. Dort, hinter Schuppen und Hausecke, mußte der Durchgang zur Straße sein.

Tom holte ihn ein.

Günthagen wirbelte herum. Mit gespreizten Fingern wollte er Tom in die Augen fahren. Aber dessen Karate-Faust, nicht viel weicher als Eisen, verhalf dem Kerl zu einem unveränderlichen Kennzeichen. Ab sofort war die Terroristen-Nase nicht mehr wie vorher, sondern doppelt so breit und mehrfach geknickt.

Günthagen blieb zwischen den Mülltonnen liegen. Besorgt fühlte Tom nach seinem Puls. Dann wartete er darauf, daß die beiden Kripo-Schleicher endlich kamen.

26. Der Bombenbastler

Den Abend verbrachte Sascha Krügler in Ko-Wo 4 vor der Glotze – bei einem Programm, das ihn langweilte.

Inzwischen brach die Nacht an, und er hoffte darauf, daß Norbert Krussmann endlich antanzte. Hatten sie doch den Auftrag von Dreier, dem Chef, die sieben fertigen Bomben abzuholen – von Meffert, dem begabten Bomben-Bastler.

Werner Meffert wohnte in einem stadtnahen Dorf, wo er in einer abgelegenen Werkstatt Autos und Landmaschinen reparierte.

Das war sein erlernter Beruf, aber nicht seine Leidenschaft. Die gehörte der Herstellung von Bomben, Krachern, Höllenmaschinen. Damit belieferte er die Unterwelt – jeden, der bezahlte. Fragen stellte Meffert nie. Er gehörte nicht zum Geheimbund Totenkopf, stand der Terror-Organisation aber geistig und in seiner Gesinnung sehr nahe. Mit Dreier verband ihn langjährige Freundschaft. Meffert wußte natürlich, wofür seine Bomben verwendet wurden.

„Norbert!" dachte Sascha laut. „Wo bleibst du?"

Er rief Krussmann an.

Niemand meldete sich.

Befand sich der Komplice auf dem Herweg?

Sascha war bereits maskiert – mit Perücke und Bart.

Eine weitere Viertelstunde verbrachte er mit nervösem Gewarte. Dann wurde es ihm zu dumm.

Seine Maschine, die bislang in Günthagens Garage gestanden hatte, parkte auf dem Hof.

Zehn Minuten später war er in der Eichborn-Straße und drückte sich den Daumen breit auf Krussmanns Klingelknopf.

Nichts rührte sich. Alle Fenster waren dunkel.

„Wollen Sie ... hicks ... zu ... Krrrusssmann?" stolperte hinter ihm eine Stimme durch Gaumen und Zahnreihen.

Der ältliche Herr war offensichtlich beschwipst. Aber er hielt sich kerzengerade, und sein outfit (*Kleidung*) war untadelig.

„Allerdings. Will ich. Wenn's recht ist“, nickte Sascha.

P. F. Rathenow, der hier ebenfalls wohnte, hielt seinen Hausschlüssel bereits in der Hand.

Er versuchte, die Eingangstür zu öffnen. Doch das Schlüsselloch war so unruhig, sprang nach rechts, nach links, wich in alle Richtungen aus. Wie sorgfältig er auch zielte – er stieß immer vorbei.

„Krrrusssmann ... Herr Krrrusssmann ist – hicks – wohl verreist. Glaube ich. Hicks. Ja, verreist. Wollen Sie ... eine Mitteilung hinterlassen?“

„Nicht nötig.“

„Könnten Sie bitte das Schlüsselloch für mich ... hicks ... treffen.“

Seniler Saufkopf! dachte der Terrorist. Aber er half ihm, die Tür zu öffnen.

„Verbindlichsten Dank!“ lallte der Zecher und verschwand im Haus.

Verreist? Sascha überlegte. Klar doch! Dieser Hirni war nach Brasshausen gejettet, um seine verunfallte Tussi zu besuchen. Blödheit! Und jetzt war er dort hängengeblieben, jedenfalls nicht rechtzeitig zurück. Weshalb nicht? Lag das Mädchen im Sterben? Oder war sie erwacht, und er mußte sie überzeugen, daß sie sich geirrt habe – er kein Terrorist, sondern die Tugend in Person sei?

Dann mache ich's eben allein, dachte er. Geht auch.

Er stieg auf seine Maschine, verhüllte sich zusätzlich mit dem Helm und donnerte zur Stadt hinaus – dann die kurze Strecke bis Klein-Bleichrode, das neuerdings verwaltungsmäßig zusammengelegt ist mit Unter-Putzheim und Bachreithen.

Als er auf Mefferts Hof rollte, wurde eine Tür der Werkstatt geöffnet.

„Seid ihr's?“ fragte der Bomben-Bastler in das ungewisse Mondlicht hinaus.

„Bin allein gekommen“, antwortete Sascha. „Grüß dich, Walter. Lange nicht gesehen. Wie geht's?“

„Hähähäh“, lachte Meffert. „Du bist auch auf dem Foto – und nicht schlecht getroffen.“

„Was?“

Sascha war daran gewöhnt, daß Meffert Gedankensprünge machte und auf Fragen nicht einging.

„Der Chef“, sagte er jetzt und schloß hinter Sascha die Tür, „meinte doch damals, daß ich's nicht schaffen würde, euch anzupirschen. Entsinnst du dich? Gewettet haben wir. Ich sagte, ein Indianer wäre nichts gegen mich. Na, und vor drei Wochen habe ich mir den Spaß erlaubt. Ihr wart in dem Steinbruch, wo ihr Nahkampf trainiert. Du, Norbert und der Chef. Helmut war nicht dabei. Jedenfalls bin ich mit meiner Kamera auf dem Bauch gerobbt. Bis hinter einen Busch, ganz nahe bei euch. Dann habe ich Fotos gemacht – zum Beweis – und mich wieder verdrückt. Jetzt schuldet mir Freund Dreier 'ne Literflasche Holunderschnaps. Willst du sie sehen?“

„Die Bomben?“

„Die Fotos.“

„Wenn ich gut getroffen bin, kriege ich Abzüge, ja?“

„Mache ich dir.“

Meffert holte die Fotos aus einem Wandregal.

Sie zeigten die drei in besagtem Steinbruch beim bewaffneten Nahkampf-Training. Alle trugen ihre Geheimbund-T-Shirts, die sie selbst bemalt hatten mit dem Totenkopf-Emblem. Auf einem Foto spielte Dreier den Angreifer und hielt ein Messer in der erhobenen Faust. Krussmann wehrte sich mit einem Tritt.

„Tatsächlich!“ staunte Sascha. „Wir haben dich nicht bemerkt. Das heißt, wir müssen künftig noch vorsichtiger sein. Wie hast du dich rangeschlängelt? In totaler Tarnkleidung oder maskiert als Eidechse, hahaha?“

„In normaler Straßenkleidung.“

Sascha suchte die Fotos aus, von denen er Abzüge wollte. Meffert machte das eigenhändig. Er besaß eine Dunkelkammer und entwickelte seine Fotos immer selbst.

Dann führte er seine Bomben vor. Sie befanden sich in schuhkarton-großen Schachteln und waren mit Zeitzündern versehen. Wer davon was verstand, brauchte nur den Deckel abzunehmen, um sofort zu sehen, was er vor sich hatte. Was den Sprengstoff betraf, hatte Meffert nicht gegeizt, sondern vom TNT reichlich genommen.

„Also“, meinte Sascha, „sie sind doch größer als ich dachte. Mit der Maschine kann ich sie nicht transportieren. Norbert, mit dessen Wagen wir eigentlich kommen wollten, hat mich versetzt. Das heißt, du mußt einspringen. Mit deinem Wagen. Wir packen die Kracher in den Kofferraum und gurken zum Chef.“

Mefferts Grobgesicht zeigte wenig Begeisterung. Er wäre zeimlich müde, meinte er, aber dann machte er sich seufzend an die Arbeit.

Wenig später fuhren sie zur Stadt – Sascha mit der Maschine voran, Meffert dicht hinter ihm.

Die Nacht war kühl. Am dunstigen Himmel schwamm ein grünlicher Mond. Als sie im Wildenauer Mauereck ankamen, war es 0.15 Uhr. Die Anlieger schliefen bereits, nur in Dreiers Haus brannte Licht.

Er kam auch gleich an die Tür und wies Meffert an, rückwärts bis dicht an die Garage zu fahren. In ihr war kein Platz: Dreiers Wagen – ein spinatgrüner Fiat – und sein Motorrad füllten sie ganz. Selbstverständlich war auch sein Feuerstuhl mit dem Emblem des Clubs der heißen Öfen verziert.

Also trugen sie die Bomben in den Keller des Hauses, wo Meffert sie im Hobbyraum aufreihte.

„Die sind für die Minister?“ erkundigte er sich.

Grinsend bestätigte Dreier.

„Für die Autobombe“, meinte Meffert, „brauche ich noch zwei Tage.“

„Den Auftrag ändern wir, Walter. Keine Auto-, sondern eine Koffer-Bombe mit großer – was sage ich! – mit gewaltiger Sprengkraft.“

„Du meinst also, die Bombe soll in einen Reisekoffer eingebaut sein?“

„Richtig! Und den Koffer stellen wir im U-Bahn-Tunnel ab. Das wird ein Anschlag, von dem man im nächsten Jahrhundert noch spricht.“

„In 100 Jahren hättest du sicherlich nichts dagegen, wenn ein hübsches Gruppenbild von deinem Aufmucker-Verein veröffentlicht wird.“

Grinsend zeigte er Dreier die Fotos. Der war gebügelt. Aber dann lachten alle lange und herzlich, und Dreier löste seine verlorene Wette mit einer großen Flasche Cognac ein, die er aus dem Vorratskeller holte.

„Daß dich Norbert einfach im Stich läßt“, sagte er später zu Sascha, „ist ein starkes Stück. Eigentlich wundert's mich, war er doch immer sehr diszipliniert. Aber in letzter Zeit ... tststs ...! Erst die Panne mit seiner Freundin. Jetzt einfach den

Termin platzen lassen und zu ihr jetten ... nein, so geht's nicht. Morgen werde ich einen scharfen Verweis aussprechen."

„Pannen", meinte Meffert, „könnt ihr euch nicht leisten. Nicht die kleinste."

Sascha zog den Kopf ein und senkte den Blick. Daß ihm der Chef die gestrige Schludrigkeit abermals unter die Nase reiben würde, war zu erwarten. Das mußte einfach kommen. Wo gibt's denn das auch, daß man die codierten Geheimpapiere der Terror-Organisation Totenkopf im Garten verliert! Davon wußte Meffert noch nichts. Und der Chef, der seine Leute gern schurigelte, würde es natürlich ausposaunen.

Doch Pustekuchen! Nichts kam. Der Chef grinste dünn, strich mit beiden Händen übers geölte Glatthaar und wechselte das Thema.

Sascha war erstaunt. Er konnte nicht wissen, was dahinter steckte. Auch Dreier hatte diesmal ein schlechtes Gewissen.

War ihm doch – vermutlich – eine nicht entschuldbare Unachtsamkeit passiert.

Seit kurzem vermißte er seinen Geheimbund-Geheimausweis: das kobaltblaue Lederwappen mit schneeweißem Totenkopf und dem Schriftzug GEHEIMBUND TOTENKOPF.

Er konnte sich – zum Teufel! – nicht mehr daran erinnern, wann er ihn zuletzt in der Hand gehabt hatte. Vorhin? Morgens? Gestern? Letzte Woche?

Das ganze Haus hatte er abgesucht und sämtliche Klamotten. Nichts. Geradezu lähmend machte sich jetzt die Gewißheit in seiner Gehirnmasse breit, daß er den Geheimausweis verloren hatte – so tölpelig und dusselig wie gestern Sascha die Unterlagen. Verloren! Aber wann? Und wo?

27. Finale im Mauereck

Am Morgen nach dem gestrigen, denkwürdigen Tag platzten Locke und Tom fast vor Neugier. Deshalb trafen sie sich auf halbem Weg zum Polizei-Präsidium, und wenig später suchten sie Kommissar Menke heim. Er saß in seinem Büro, zuzzelte an einer Tasse Kaffee und wirkte unzufrieden.

„Ihr schon wieder", meinte er. „Habt ihr noch einen Terroristen?"

„Wir backen sie doch nicht selbst", lächelte Locke. „Wir kommen, damit Sie uns auf den neuesten Info-Stand bringen."

Der Kommissar nickte.

„Krussmann schweigt noch immer", berichtete er. „Günthagen ist an der Rückseite fast gar nicht verletzt. Das Geschoß aus dem Kleinkaliber-Gewehr hat nur seine Haut gerötet. Anders sieht's mit seiner Nase aus. Was du mit der gemacht hast, Tom ...! Naja, es war Notwehr. Küchenmeister Ohser ist sich absolut sicher: Günthagen war's, der damals das Bomben-Auto abstellte. Und jetzt das Schönste: Der Kerl gibt es auch zu. Kann sein, daß er nicht mehr richtig tickt – infolge leichter Gehirnerschütterung. Jedenfalls ist er geständig. Aber gleichzeitig verhöhnt er uns. Ist nämlich überzeugt, daß ihn seine Komplicen vom Geheimbund Totenkopf freipressen. Wer die sind, das verrät er natürlich nicht. Früher gehörte er zum *29. Februar*. Das war eine böse Gruppierung. Zum Glück hat sich der Verein aufgelöst. Bei dem Anschlag damals in der Michl-Glauber-Straße verlor die Frau des Küchenmeisters ein Bein. Deshalb – das wißt ihr noch nicht – hat Ohser gestern mittag versucht, Günthagen zu vergiften. Aber das ist mißglückt, weil ..."

Menke teilte mit, was der Koch noch während der Nacht gestanden hatte: freiwillig, ohne irgendwelchen Druck.

„Kein Wort hätte er uns zu sagen brauchen", schloß der Kommissar. „Wir ahnten ja nichts. Aber bei Ohser setzten bereits schlimme Schuldgefühle ein. Er mußte sein Gewissen erleichtern."

„Irre!“ meinte Tom. „Und nicht zu fassen, von welchen Umständen die ganze Kiste manchmal abhängt.“

„Übrigens haben wir auch bei Günthagen einen Geheimausweis gefunden“, sagte Menke. „Den gleichen wie bei Krussmann.“

„Und was passiert nun mit Ohser?“ fragte Locke.

„Natürlich greift der Staatsanwalt die Sache auf“, erwiderte der Kommissar. „Aber ich glaube nicht, daß Ohser viel zu befürchten hat. Mehr Sorgen mache ich mir um euch, um die Rehms und Conradis. Eure Situation ist seit Günthagens Verhaftung noch schlechter. Was sich im Bistro ereignet hat, dafür gibt es zuviele Zeugen. Früher oder später wird was durchsikkern. Wenn die restlichen Terroristen Wind davon bekommen, graben sie das Kriegsbeil aus. Bisher – davon können wir ausgehen – wissen die noch gar nicht, daß zwei der ihren hinter Gittern sitzen.“

Alle schwiegen.

So gesehen, dachte Tom, nähert sich der Funke dem Pulverfaß.

Ein Kripo-Beamter steckte den Kopf zur Tür rein.

„Kommissar! Da ist ein Junge, der sich nicht abweisen läßt. Thorsten Lauterbach – so heißt er. Er will den Polizei-Präsidenten sprechen, weil er einen wichtigen Hinweis habe, der die Terror-Organisation Geheimbund Totenkopf betrifft. Wollen Sie ihn sehen?“

„Selbstverständlich!“ sagte Menke.

Wenig später stolperte Thorsten über die Schwelle. Er trug seine rote Schildmütze und preßte grimmig die Lippen aufeinander. Ein mißtrauischer Blick glitt über Locke und Tom.

„Ich bin Kommissar Menke“, stellte sich der Kripo-Mann vor. „Das sind Locke und Tom. Und du bist Thorsten, nicht wahr?“

Der Junge nickte.

„Wissen Sie, was passiert ist, Herr Kommissar“, platzte es dann aus ihm heraus. „Hähmke, dieser Mistkerl, hat meine Eltern aufgehetzt. Ich kriege Stubenarrest, nur weil ich die Wahrheit sage. Aber niemand weiß ja bisher, daß es die Wahrheit ist. Nur ich habe den Beweis. Erst wollte ich damit warten, bis Hähmkes Bruder zurück ist. Jetzt pfeife ich darauf. Sie müssen ihn eben auch gleich verhaften, sobald er aus dem Flugzeug steigt. Damit er sich nicht rächen kann an mir."

Du meine Güte! dachte Tom. Wer hat diesen Wahnsinns-Knilch reingelassen?

Ein kleiner, doofer Wichtigtuer, urteilte Locke.

„Moment mal, Thorsten!" sagte Menke. „Bis jetzt verstehe ich kein Wort. Worum geht's? Und wer ist Hähmke?"

Thorsten lächelte, „'tschuldigung! Meine Schuld! Sie kennen die Vorgeschichte nicht, und ich habe mittendrin angefangen. Hähmke ist einer vom Geheimbund Totenkopf. Das kann ich beweisen. Kennen Sie das Wildenauer Mauereck?"

Alle kannten es.

„Dort wohne ich", erklärte Thorsten. „Dem Hähmke gehört das erste Haus vorn. Und vor seiner Haustür habe ich ein Abzeichen gefunden. Gestern. Dieses hier!"

Er holte es aus der Hosentasche hervor.

Locke, Tom und Menke trauten ihren Augen nicht.

Was Thorsten auf den Schreibtisch legte, war ein Geheimausweis des Geheimbundes Totenkopf.

„Nicht wahr, Herr Kommissar? Wer sowas hat, muß zu den Terroristen gehören."

Menke nickte. „Da hast du allerdings recht."

Thorsten wurde befragt. Aber weitere Infos konnte er nicht bieten. Menke schärfte ihm ein, Stillschweigen zu bewahren. Dann wurde der Junge nach Hause geschickt.

Menke rief bei der Fahrbereitschaft an, um seine Leute zusammenzutrommeln. Dabei kam es zu einer ärgerlichen Verzögerung. Wegen eines Banküberfalls mit Geiselnahme am Berliner Platz und eines Großfeuers in der Markthalle waren sämtliche Wagen unterwegs.

Menke rang die Hände. „Es ist nicht zu fassen", brüllte er in

Ich bin
Kommissar

den Hörer. „Soll ich vielleicht die Straßenbahn nehmen? Ich brauche mindestens vier Mann und zwei Wagen. Ich muß die Straße absperren, die ins Mauereck reinführt und ... Sorgen Sie dafür, Zieglereins, daß ich die Wagen kriege!"

*

Dreier, der Terroristen-Chef, stand spät auf an diesem Morgen. Er hatte schlecht geschlafen. Daß er seinen Geheimausweis nicht fand, machte ihn nervös.

Mißmutig schlurfte er zur Gartenpforte. wo die Zeitungsröhre angebracht war. Als er das TAGEBLATT herauszog, sah er Thorsten.

Der Junge kam die Straße herauf. Seine Augen glänzten. Seine Mütze saß verwegen schief auf dem Strubbelkopf.

„Guten Morgen!" rief er – und blieb stehen, jenseits des Zaunes. „Raten Sie mal, woher ich komme!"

„Sicherlich aus der Schule."

„Neiiiiin! Wir haben doch Ferien. Ich war bei der Polizei. Jetzt geht's dem Hähmke an den Kragen. Und wie!"

„Tatsächlich?" Dreier spürte, wie sich im Genick seine Haare kräuselten. „Ich denke, du wolltest damit noch warten."

„Nee! Nicht nachdem Hähmke bei meinen Eltern war, dieser verdammte Terrorist. Was meinen Sie, wie sich der Kommissar gefreut hat, als ich ihm das Abzeichen brachte!"

Dreiers Lockenhaar begann sich zu locken. Außerdem lief ihm eine Gänsehaut über den Rücken.

„Abzeichen? Was für ein Abzeichen?"

„Na, so ein Ding aus blauem Leder. Mit einem weißen Totenkopf drauf und den Worten Geheimbund Totenkopf. Hähmke hat's vor seinem Haus verloren."

Zoff, Zores und Zombie! dachte Dreier. Du Saubengel! Nicht dieser Blödmann hat's verloren, sondern ich. Ich! O nein! Und jetzt haben die Bullen den Ausweis und ...

„War die Polizei schon hier?" fragte Thorsten. „Hoffentlich

nicht. Ich möchte nämlich zusehen, wenn Hähmke Handschellen kriegt. Ich bin mit dem Bus zurückgekommen. Aber der 26er macht immer diesen fürchterlichen Umweg und ..."

Dreier hörte nicht darauf, was er redete.

Kalter Schweiß brach ihm aus.

Daß Hähmke kein Terrorist war, würde sich schnell rausstellen. Aber die Bullen konnten bis drei zählen. Und mußten sich sagen: Wenn nicht Hähmke, dann ein anderer aus dem Wildenauer Mauereck. Die Straße führte nicht weiter, sondern war totale Sackgasse – das Mauereck eine abgeschlossene Mini-Siedlung, bestehend aus sechs Häusern. Höchstwahrscheinlich hatte also einer der Anwohner den Geheimausweis verloren. Allenfalls kam in Frage, daß er einem Besucher gehörte. Doch zunächst würden die Bullen alle Häuser durchsuchen und die Bewohner vernehmen.

Durchsuchung? Um Himmels willen! Er hatte sieben Bomben im Keller. Sieben! Wo schon eine zuviel war.

„Ist Ihnen nicht gut?" fragte Thorsten.

„Was?"

„Sie sind plötzlich so käsig geworden. Haben Sie noch nicht gefrühstückt?"

Dreier antwortete nicht. Sein Blick war auf die Polizeiwagen gerichtet, die in diesem Moment die Straße herauf rollten.

Der vordere hielt vor Hähmkes Haus. Der andere stellte sich quer auf die Straße, genau dort, wo die Fahrbahn abfällt. Damit war das Mauereck abgeriegelt. Wer türmen wollte, mußte über die Stadtmauer klettern – wozu er eine Leiter gebraucht hätte – oder durch den Fesselbach schwimmen.

Beide Möglichkeiten, wußte Dreier, schieden aus.

Ohne den Jungen zu beachten, lief er ins Haus.

In fieberhafter Eile stopfte er Geld, Papiere und Wertsachen in die Taschen.

Im Spiegel prüfte er seine Miene. Es war wichtig, daß er einen harmlosen Eindruck machte, damit sie ihn durchließen. Nur darum ging es jetzt: Er mußte raus aus der Mausefalle, abtauchen in eine Ko-Wo, Vorsprung gewinnen. Eine Möglichkeit, die Bomben zu verstecken, gab's nicht. Wer hätte denn auch geahnt, daß die Umstände ihn so in die Enge trieben.

Er zog seine Motorrad-Kluft an. Es war klüger, die Maschine zu nehmen. Mit der konnte er sich, nachdem man ihn kontrolliert hatte, an dem Polizeiwagen vorbei quetschen, ohne daß die Bullen manövrieren mußten. Von solchen Kleinigkeiten hing's manchmal ab. Deshalb ließ er den Wagen stehen und schwang sich auf seinen Feuerstuhl.

*

Menke hatte keine Wahl. Er mußte das muntere Pärchen mitnehmen. Die beiden hätten sonst – wie Locke androhte – das Polizei-Präsidium in Schutt und Asche gelegt.

Allerdings: Im ersten Wagen durften die beiden nicht mitfahren. Dort saßen Menke und drei seiner Kollegen – ein Quartett, das dann, vor Ort, den verblüfften Gottfried Hähmke mit Haft- und Durchsuchungsbefehl überraschte.

Locke und Tom saßen im zweiten Wagen – bei den beiden Uniformierten, die jetzt die Straßensperre errichteten: für alle Fälle. Wer konnte wissen, wie viele Terroristen sich in Hähmkes Haus verbargen. Vielleicht versuchten sie, stadteinwärts zu fliehen.

Freilich – im Moment sah es nicht danach aus. Hähmke hatte geöffnet, zunächst gar nicht begriffen, aber die vier Kripo-Leute eingelassen.

Beim zweiten Wagen, der quer auf der Straße stand, wachten die Uniformierten. Sie waren mit Maschinenpistolen bewaffnet und ließen keinen Blick vom Haus Hähmke.

Locke und Tom standen hinter der Straßensperre, stützten die Ellenbogen aufs Wagendach und genossen die Spannung.

„Es bleibt völlig ruhig in der Hütte“, stellte Tom fest. „Keine Schießerei.“

„Ist ja auch die totale Überrumpelung." Locke sah einer Taube nach, die über die Stadtmauer flog.

Minuten vergingen. Nichts geschah.

Aus einem der hinteren Häuser kam ein Motorradfahrer. Er näherte sich. Sein blauer Helm glänzte im Vormittagslicht. Der Typ trug Motorradkleidung. Sicherlich wunderte er sich über die Straßensperre. Aber unterm Helm war ja sein Gesicht nicht zu sehen.

Er hielt vor dem Wagen. Einer der Uniformierten trat zu ihm.

„Hallo, Wachtmeister", meinte der Krad-Pilot. „Was ist denn hier los? Bürgerkrieg? Betrifft mich nicht. Wenn irgendwo Krieg ist – da geh ich nicht hin, hähähäh."

„Tut mir leid", sagte der Polizist. „Sie können jetzt nicht durch. Hier findet eine Razzia statt. Bitte, gedulden Sie sich. Der leitende Kommissar wird gleich kommen."

„Ich bin aber sehr in Eile."

„Tut mir leid."

Blauhelm fügte sich achselzuckend, stellte den Motor ab und setzte auch den zweiten Motorradstiefel auf den Boden.

„Tom!" wisperte Locke.

„Schon bemerkt!" wisperte er zurück.

Was er sah, elektrisierte ihn vom kleinen Zehn bis zur Haarspitze.

Ich glaube, mein Hausschwein flötet, dachte er. Menke und sein Team (*Mannschaft*) steigen einem gewissen Hähmke aufs Dach. Aber hier will ein Typ sich abseilen, der eine schwere Maschine fährt mit dem uns wohlbekannten Gemälde am Tank: Ein knallrotes Motorrad, das durch eine Flammenwand rast. Und darüber heißt es: CLUB DER HEISSEN ÖFEN.

Tom drückte sich am Wagen vorbei und trat zu dem Kradfahrer. Scheinbar bewundernd beäugte er die Maschine.

„Wachtmeister", sagte er, „ich glaube, hier läuft was schief. Am besten, Sie sagen es dem Kommissar. Besagter Terroristen-Wimpel wurde zwar vor Hähmkes Haus gefunden. Aber das muß ja nicht heißen, daß ihn der Mann dort verloren hat. Ich würde eher auf unseren Blauhelm tippen. Der hat nämlich ein Bildchen an seinem Feuerstuhl – genau wie an den Maschinen der beiden Terroristen, die schon im Knast sitzen."

Blauhelm schien zu erstarren.

Als er eine Bewegung machte, um seine Maschine zu starten, riß Tom ihn vom Sitz. Einfach so, ruck-zuck, flog der Typ auf die Straße – kopflings. Der Helm bewahrte ihn vor Schäden.

Als er aus der Bauchlage hochschnellen wollte, drückte ihm Tom ein Knie zwischen die Schulterblätter. Dann kamen ihm die verblüfften Polizisten zu Hilfe.

*

Die Durchsuchung brachte alles an den Tag. In Dreiers Haus wurden die Bomben gefunden, in den Gepäcktaschen seiner Maschine die codierten Geheimbund-Unterlagen.

Jetzt, da er das Spiel endgültig verloren hatte, offenbarte der Terroristen-Chef die totale Waschlappigkeit. Er kippte um, nannte Sascha Krüglers Versteck, nämlich Ko-Wo 4, und verriet seinen Freund Meffert als den Bombenbauer.

Freilich – auch ohne dieses überstürzte Geständnis hätte der traurige Rest der Ganoven keine Chance gehabt. Aus den codierten Unterlagen gingen alle Infos hervor, und den Code hatte ja Mike in der vorletzten Nacht bereits geknackt.

Noch bevor es Mittag wurde, befanden sich alle Terroristen hinter Gittern. Die Rehms und Conradis konnten aufatmen. Heimtückische Anschläge aus Rache waren nicht mehr zu befürchten.

In den entschlüsselten Unterlagen war aufgelistet, welche Verbrechen der Geheimbund verübt hatte. Abgründe taten sich auf. Harte Freiheitsstrafen für alle waren die Folge.

Jutta Finke erholte sich langsam, wurde aber wieder völlig gesund. Als sie dann erfuhr, an welchen Verbrechen sich Krussmann beteiligt hatte, schämte sie sich ihrer Treue zu ihm.

Vier Wochen nach dem Zerschlagen des Geheimbundes traf bei Gunter ein Dankeschön ein.

Es war gerichtet an ihn, Locke und Tom. Den Text – das ließ er sich nicht nehmen – druckte Gunter im TAGEBLATT ab. Denn unterzeichnet hatten – sieben bekannte Politiker: vier Bundes- und Länderminister.

E N D E

Liebe Locke- und Tom-Freunde!

Ganz schön aufregend, was die beiden erleben, nicht wahr? Wenn es darum geht, anderen zu helfen, greifen Locke und Tom ein – koste es, was es wolle. Denn Locke ist schon ein tolles Mädchen, und Tom ein prima Kumpel, mit dem man Pferde stehlen kann. Es vergeht kaum ein Tag, an dem bei Tom nicht das Telefon klingelt: „Hallo Tom, hier Locke ...!" Und was bei diesen Telefonaten ausgeheckt wird, erfahrt Ihr in den spannenden „Locke-und-Tom-Büchern", von denen es noch mehr gibt. Stefan Wolf hat sie geschrieben, den Ihr sicher schon als Autor der TKKG-Bücher kennt, auch einer erregenden PELIKAN-Serie. Gewiß interessieren Euch die anderen „Locke-und-Tom-Bücher" ebenso – mit den vielen lustigen Zeichnungen Eurer Lieblinge! Hier sind sie:

Hundejäger töten leise (Band 1)
In der Stadt verschwinden Hunde und Katzen. Ganz offensichtlich sind gemeine Tierjäger unterwegs. Das vermutet die Polizei, und auch der Tierschutzverein hat einen Verdacht. Aber noch niemand weiß, was hinter diesen rätselhaften Diebstählen steckt. Werden die armen Tiere zu grausamen Versuchen benutzt, an deren Ende ihr „leiser" Tod steht? Locke und Tom, beide leidenschaftliche Tierfreunde, finden die richtige Spur. Sie führt nicht nur zu einem Tierhändler, dessen Geschäfte schon immer anrüchig waren. In den skrupellosen Handel sind noch ganz andere Leute verwickelt, hinter denen niemand solche Gemeinheiten vermutet.

Terror durch den heißen Draht (Band 2)
Eine unbekannte Mafia terrorisiert die Stadt. Angesehene Bürger, die jeder kennt, aber auch irgendwelche Nachbarn von nebenan werden nachts angerufen, bedroht oder zu erfundenen Terminen bestellt, wo Gangster sie hinterrücks überfallen. Was wollen die Verbrecher mit ihren „Todesfallen" erreichen? Die Polizei blickt nicht durch. Locke und Tom wollen helfen, denn auch viele ihrer Freunde sind bedroht.

Giftalarm am Rosenweg (Band 3)
Beim Spielen am Rosenweg entdecken Kinder buntbemalte Fässer. Weil die Schrift schon unleserlich geworden ist, ahnen sie nicht, daß sie Gift vor sich haben. Die Folge: schleichende Verletzungen und rätselhafte Erkrankungen. Aber die Kinder schweigen, weil sie Angst vor Strafe haben. Ein Rätselraten beginnt – bis die Polizei endlich die Fässer findet und Giftalarm gibt. Noch aber weiß man nicht, wer der verantwortungslose Täter war. Locke und Tom finden eine überraschende Lösung ...

Die Fußball-Oma darf nicht sterben (Band 4)
Alle lieben Oma Meyer, weil sie immer fröhlich ist und den Jungs von der Fußballmannschaft hilft. Sie füllt die Vereinskasse auf, feuert begeistert die Spieler an, wäscht die verschwitzten Trikots. Deshalb heißt sie auch Fußball-Oma. Aber in letzter Zeit machen sich nicht nur Locke und Tom Sorgen um Oma Meyer. Irgend etwas bedrückt sie, doch sie will nicht so recht heraus mit der Sprache. Als es schließlich zu regelrechten Mordanschlägen auf die liebe alte Dame kommt und eine seltsame „alte Bekannte" erscheint, da nehmen Locke und Tom die Sache in die Hand.

Flammen um Mitternacht (Band 5)
Ein nächtlicher Brand in Lockes und Toms Heimatstadt erregt mehr Aufsehen, als das ganze Feuer überhaupt wert ist. Zwar brennt ein Wohnhaus nieder, und das ist schon schlimm genug, aber was Feuerwehr und Polizei dabei feststellen, ist noch viel erschreckender: Aus den Flammen werden 50 Menschen gerettet, wo doch im ganzen Haus höchstens zehn Leute Platz gehabt hätten. Dazu tauchen plötzlich Ausländer auf, die unter jener Adresse gar nicht registriert waren. Menschenhandel? Illegale Arbeitskräfte? Locke und Tom sind davon überzeugt, daß etwas oberfaul ist.

Überfall nach Ladenschluß (Band 6)
Die Mafia geht um. In der Stadt werden italienische Gastwirte von sizilianischen Landsleuten erpreßt. Sie fordern Schutzgeld, wie sie das nennen. Der Boß heißt Cordone, aber er hat einen Rivalen, von dem er nichts weiß: Vittorio mit der roten Maske. Er überfällt und plündert auf eigene Rechnung. Und dann terrorisiert noch ein Maskierter seine Mitbürger. Er treibt im Schatten der Mafia sein Unwesen: Wilhelm Hartmann. Als er eine Frau beraubt, verliert er seine Maske und wird von Locke erkannt. Seitdem lebt sie gefährlich ...

Der Mann mit den tausend Gesichtern (Band 7)
Lockes Vater, der Redakteur Gunter Rehm, ist in Gefahr. Der Sittlichkeitsverbrecher Oswald Pollner, den Gunter vor zwölf Jahren überwältigt und der Polizei ausgeliefert hatte, soll bald aus dem Gefängnis entlassen werden. Jetzt will er Rache nehmen an Gunter und seiner Familie. Pollner war Maskenbildner beim Theater, und deshalb trat er bei seinen Verbrechen in immer neuen Verkleidungen auf. Pollner ist auch nach einem dutzend Jahren hinter Gittern der abgebrühte Gangster-Profi mit den tausend Gesichtern geblieben. Wie werden Gunter, seine Tochter Locke und ihr Freund Tom sich gegen den Verbrecher wehren?

Aufruhr in der Unterwelt (Band 8)
Als eine Bande jugendlicher Fahrraddiebe sich darauf verlegt, in Wohnungen einzubrechen, erbeuten sie in einem luxuriösen Appartementhaus einen Koffer mit Geld. Daß es Falschgeld ist, können sie nicht ahnen. Der Wohnungsinhaber, ein berüchtigter Geldhehler, will es „reinwaschen", das heißt, umtauschen in echtes Geld. Das soll der etwas tölpelhafte Fahrer eines Geldtransports besorgen. Aber der Falschgeld-Diebstahl durch die Einbrecherbande und ein Überfall zweier Knastbrüder auf den Transportfahrer und seine Frau vereiteln die „Geldwäsche". Nun gerät die ganze Unterwelt der Stadt in Aufruhr. Doch das schreckt Locke und Tom nicht im geringsten.

Die Nacht am schwarzen Grab (Band 9)
Der reiche Fabrikant Köhler und seine Frau kommen bei einem Flugzeugabsturz ums Leben. Sein riesiges Vermögen vermacht er seinem verschollenen Sohn Markus. Der war vor 13 Jahren als Baby entführt worden, die Tat nie geklärt. Was niemand weiß: Markus lebt tatsächlich noch, heißt jetzt aber Toni Woretzki, und er hält Paula Woretzki für seine Mutter. Von seiner wahren Herkunft hat er keine Ahnung. Paula war die Braut des Kidnappers Alfons Schäwig gewesen, und sie hatte das entführte Baby behalten, weil sie ihr leibliches Kind verlor. Liebevoll zog sie den Jungen groß. Als nun in allen Zeitungen vom Erbe des Fabrikanten Köhler berichtet wird, erscheint plötzlich der Ganove Schäwig wieder, um zu kassieren. Ein gemeines Spiel beginnt, das beinahe ein böses Ende nimmt – wenn Locke und Tom sich nicht der Sache annehmen würden.

Der Feind aus dem Dunkeln (Band 10)
Erwin Kotter, der im Gefängnis eine Strafe absitzt, bekommt Hafturlaub. Als „Freigänger", wie man dies nennt, nutzt Kotter die Chance, sich an Richter Schwörle und seiner Familie zu rächen, der ihn verurteilt hat. Die 15jährige Sabine Schwörle, Tochter des Richters, ist mit Locke befreundet. Klar, daß sie und Tom sich sofort einschalten. Mysteriös wird der Fall, als Kotter wieder in seiner Gefängniszelle sitzt und die Anschläge trotzdem weitergehen. Er hat das sicherste Alibi der Welt, und man kann ihm nichts anhaben. Wer sind die Täter?

Die Bande des Schreckens (Band 11)
Eine gefährliche Bande Jugendlicher versetzt die Stadt in Angst und Schrekken. Sie hausen wie die Vandalen, wüten in Parkanlagen, demolieren Telefonzellen, legen Brände in der U-Bahn und verbeulen parkende Autos. Wer sich

ihnen in den Weg stellt, wird zusammengeschlagen. Die Polizei erscheint machtlos. Als auch der Ganove Reichard zu der Bande stößt, wird es Locke und Tom zuviel. Denn mit Reichard haben sie persönlich abzurechnen, und deshalb beschatten sie ihn. Dabei werden sie Zeuge, wie er vor einen U-Bahnzug gestoßen wird: Mordversuch! Was die beiden nun ermitteln, stürzt sie in einen Gewissenskonflikt.

Straßenräuber unter Palmen (Band 12)
Der internationale Betrüger und Erpresser Lappmann ist auf der Flucht. Er fürchtet die Rache der Ölscheichs, die in Spanien ihre Ferienhäuser haben. Mit einem Trick hat er 50000 Dollar von ihnen ergaunert. Lappmann muß untertauchen, und der Zufall scheint ihm dabei zu helfen: Auf dem Flughafen von Malaga findet er eine Brieftasche mit Ausweispapieren auf den Namen Fischer. Lappmann sieht diesem Mann auf dem Paßfoto täuschend ähnlich, und deshalb schlüpft er in seine Rolle. Weil Fischer aus der Großstadt kommt, in der Locke und Tom wohnen, taucht auch der Erpresser Lappmann dort auf. Er weiß nicht, daß Fischer ebenfalls in üble Machenschaften verwickelt ist und nicht nur von der Polizei gesucht wird, sondern auch von Locke und Tom.

Die Unheimlichen (Band 13)
In der Stadt geht die Angst um. In Straßenbahnen, U- und S-Bahnen werden immer wieder Bürger überfallen und beraubt. Haben die Gangster zugeschlagen, sind sie jedes Mal wie vom Erdboden verschluckt. Deshalb nennt man sie in der Stadt „Die Unheimlichen". Sie ritzen ihren Opfern ein „T" in die Haut. Warum? Wer sind die Täter? Als auch Locke überfallen wird, ist sie entschlossen, die Verbrecher zu entlarven. Selbstverständlich ist ihr Freund Tom mit Eifer dabei.

Im Geisterschloß der Menschenhändler (Band 14)
Eine Verbrecherbande raubt Babies. Die armen Kinder verschwinden spurlos – von gemeinen Menschenhändlern für viel Geld an Ehepaare verkauft, die sich sehnlichst Kinder wünschen, aber keine bekommen können. Der grausame Handel bringt Millionen, weil gesetzliche Adoptionen sehr schwierig sind. Als auch im Bekanntenkreis von Locke und Tom ein Baby auf geheimnisvolle Weise entführt wird, verfolgen die beiden hartnäckig eine heiße Fährte. Locke und Tom wissen nur, daß die Gangster irgendwo im Ausland sitzen, angeblich in einem geheimnisvollen Geisterschloß.

100 Stunden Todesangst (Band 15)

Eine Bande gefährlicher Autobahn-Banditen die – meist als Polizisten verkleidet – Reisende überfallen, Autos stehlen und Lastzüge ausrauben, wird von der Polizei gestellt. Zwar entkommen die Räuber der Razzia, aber der Weg zu ihrem Hauptquartier, einem einsamen Bauernhof, ist abgeschnitten. Auf der Suche nach einem sicheren Versteck dringen sie in das Häuschen von Oma Rehm ein und nehmen die alte Dame samt ihrem Besuch als Geiseln. Locke und Tom haben die Spur der Bande aufgenommen und eine heiße Fährte entdeckt. Wer wird Oma Rehm und die anderen Geiseln befreien. Locke und Tom oder die Polizei? Wer wird das Versteck der Banditen früher aufspüren?

Die tollen Abenteuer von

ein Fall für TKKG

gibt es als HörspielCassetten von EUROPA

Voller Spannung, Action und Fantasie!

MILLER INTERNATIONAL Schallplatten GmbH,
2085 Quickborn bei Hamburg

Pelikan
JUGENDBÜCHER
Spannend von der ersten bis zur letzten Seite

Im robusten Hardcover-Einband

TKKG

- das sind die packenden Abenteuer mit Tim, Karl, Klößchen und Gaby. Für alle Jungen und Mädchen, die Spaß und Spannung lieben - von der ersten bis zur letzten Seite.

36 Titel sind inzwischen erschienen. 192 Seiten, DM 8,80

1 Die Jagd nach den Millionendieben
2 Der blinde Hellseher
3 Das leere Grab im Moor
4 Das Paket mit dem Totenkopf
5 Das Phantom auf dem Feuerstuhl
6 Angst in der 9a
7 Rätsel um die alte Villa
8 Auf der Spur der Vogeljäger
9 Abenteuer im Ferienlager
10 Alarm im Zirkus Sarani
11 Die Falschmünzer vom Mäuseweg
12 Nachts, wenn der Feuerteufel kommt
13 Die Bettelmönche aus Atlantis
14 Der Schlangenmensch
15 UFOS in Bad Finkenstein
16 X 7 antwortet nicht
17 Die Doppelgängerin
18 Hexenjagd in Lerchenbach
19 Der Schatz in der Drachenhöhle
20 Das Geheimnis der chinesischen Vase
21 Die Rache des Bombenlegers
22 In den Klauen des Tigers
23 Kampf der Spione
24 Gefährliche Diamanten
25 Die Stunde der schwarzen Maske
26 Das Geiseldrama
27 Banditen im Palasthotel
28 Verrat im Höllental
29 Hundediebe kennen keine Gnade
30 Die Mafia kommt zur Geisterstunde
31 Die Entführung in der Mondscheingasse
32 Die weiße Schmuggler-Jacht
33 Gefangen in der Schreckenskammer
34 Anschlag auf den Silberpfeil
35 Um Mitternacht am schwarzen Fluß
36 Unternehmen Grüne Hölle

Jugendbücher von Pelikan

Die Funk-Füchse

- eine verschworene Gemeinschaft. Mit ihren CB-Funkgeräten lösen Bohne (Dieter), Bömmel (Jochen), Meikel (Michael) und Delphin (Claudia) auch die verzwicktesten Fälle.
144 Seiten, DM 7,80

1 Der Schatz im Birkenwald
2 Terror im Jugenddorf
3 Die Haschischbande wird entlarvt
4 Unternehmen Nachtschatten
5 Katzendieben auf der Spur
6 Kemals letzte Chance
8 Operation Förderkorb
10 Die Falle schnappt zu
11 Kampf mit dem Roten Blitz
12 Der Unglücksrabe aus Fernost
13 Automatenknacker am Werk
14 Erpresser leben gefährlich
15 Der Goldschatz im Badesee

Locke

Die Titelheldin heißt Nina, ein Mädchen mit glatten kastanienbraunen Haaren, das aber viel lieber Locken hätte. Der Spitzname verrät's. Locke besteht mit ihrem Freund Tom viele spannende Erlebnisse. **15 Titel sind schon da. 244 Seiten, DM 9,80**

1 Hundejäger töten leise
2 Terror durch den heißen Draht
3 Giftalarm am Rosenweg
4 Die Fußball-Oma darf nicht sterben
5 Flammen um Mitternacht
6 Überfall nach Ladenschluß
7 Der Mann mit den tausend Gesichtern
8 Aufruhr in der Unterwelt
9 Die Nacht am schwarzen Grab
10 Der Feind aus dem Dunkeln
11 Die Bande des Schreckens
12 Straßenräuber unter Palmen
13 Die Unheimlichen
14 Im Geisterschloß der Menschenhändler
15 100 Stunden Todesangst

Jugendbücher von Pelikan

TREFFPUNKT ABENTEUER

Die neue Taschenbuch-Reihe von Pelikan

Anja

Mädchen, Pferde, Abenteuer. Aufregende Geschichten für alle, die in Pferde vernarrt sind und nichts sehnlicher wünschen, als selbst einmal auf dem Rücken eines Pferdes zu sitzen.

Bisher sind erschienen:

- **Anja hat nur einen Wunsch**
- **Aufgesessen, Anja**
- **Anja und der Reitverein**
- **Anja und Petra zu Pferde**
- **Reiterferien mit Anja und Petra**
- **Anja und Petra im Turnier**
- **Abenteuer auf der Palomino-Farm**
- **Mein Traumpony**
- **Ein Pferd zuviel in Himmelpforten**
- **Gefahr für Himmelpforten**

Detektiv Kim

Spannende Krimis mit dem cleveren Kim, einem jugendlichen Amateur-Detektiv. Er und seine Freunde Erik, Brille und Katja erleben haarsträubende Abenteuer in einem kleinen Fischerdorf.

Bisher sind erschienen:

- **Detektiv Kim aus Kopenhagen**
- **Detektiv Kim und d. verschw. Schatz**
- **Detektiv Kim und d. geheimnisv. Haus**
- **Detektiv Kim und d. verschw. Krokodil**
- **Detektiv Kim entlarvt die Schmuggler**
- **Detektiv Kim und die Spione**
- **Detektiv Kim bekämpft d. Mopedbande**
- **Detektiv Kim entert d. geheimnisv. Motoryacht**
- **Detektiv Kim und der schlaue blaue Papagei**

Jugendbücher von Pelikan

Serien voller Spannung und Abenteuer für Jungen und Mädchen

ZM–streng geheim

Drei Kinder und ein Professor, die mit einer Zeitmaschine in vergangene und in zukünftige Epochen reisen und aufregende Abenteuer dabei erleben.

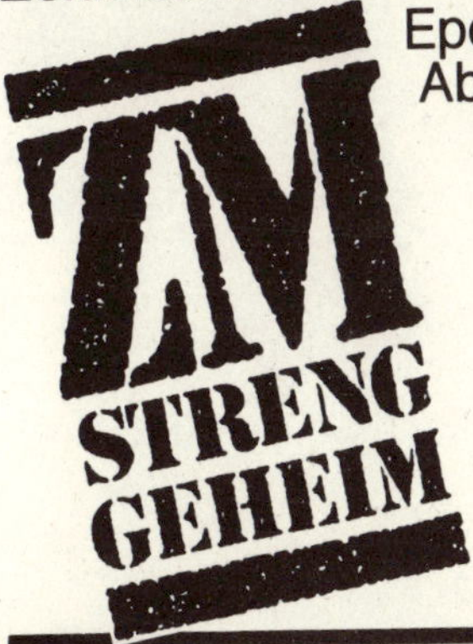

Bisher sind erschienen:

- Das Geheimnis des alten Professors
- Grabraub im Tal der Könige
- Die Sonnenstadt von Ol-Hamar
- Die Feuerhexe
- Das Rätsel von Macchu Picchu
- Der Herrscher von Atlantis
- Die Geisterhand Roms
- Der Schatten Dschingis-Khans
- Im Land der 1000 Träume
- Todeszeichen Drachenschiff

TKKG

TKKG – das sind die Anfangsbuchstaben der vier Titelhelden: Tim, Karl, Klößchen und Gaby. Immer sind sie zur Stelle, wenn es gilt, gegen das Unrecht anzukämpfen.

Bisher sind erschienen:

- Wilddiebe im Teufelsmoor
- Wer raubte das Millionenpferd?
- Vampir der Autobahn
- Die Nacht des Überfalls
- Das Geschenk des Bösen
- Der letzte Schuß
- Die Gift-Party
- Duell im Morgengrauen
- Heißes Gold im Silbersee
- Schüsse aus der Rosenhecke

Jugendbücher von Pelikan

	Bestell-Nr.
(1)...Hundejäger töten leise	515 301.8
(2)...Terror durch den heißen Draht	515 302.6
(3)...Giftalarm am Rosenweg	515 303.4
(4)...Die Fußball-Oma darf nicht sterben	515 304.2
(5)...Flammen um Mitternacht	515 305.0
(6)...Überfall nach Ladenschluß	515 306.9
(7)...Der Mann mit den tausend Gesichtern	515 307.7
(8)...Aufruhr in der Unterwelt	515 308.5
(9)...Die Nacht am schwarzen Grab	515 309.3
(10)...Feind aus dem Dunkeln	515 310.7
(11)...Die Bande des Schreckens	515 311.5
(12)...Straßenräuber unter Palmen	515 312.3

Jede HörspielCassette
nur DM 7.95 unverbindliche Preisempfehlung

EUROPA

MILLER INTERNATIONAL Schallplatten GmbH, 2085 Quickborn bei Hamburg

Die tollen Abenteuer der Funk-Füchse gibt es als HörspielCassetten von EUROPA

Voller Spannung, Action und Fantasie!

MILLER INTERNATIONAL Schallplatten GmbH,
2085 Quickborn bei Hamburg